一寸のムシにも五分のタマシイ

日本を捨てて初めて分かる、日本の価値

岡 涼介
Ryosuke Oka

文芸社

はじめに

「日本なんかクソ食らえだ！」

そう思って会社を辞め、二十八歳のとき日本を飛び出しました。その後、オーストラリアで四苦八苦しながら現地の大学を卒業。数社の大手企業で働き、多文化都市であるシドニーで、いろいろな異なる文化や人に接しました。そのため私は、日本を違った角度から、客観的に見ることができるようになったのだと思います。

数年前に日本に戻ってきて、改めてオーストラリアに行く前には感じられなかった、日本の良い点や悪い点に気づくようになりました。やがてそれを一冊の本にしたいと思い始めたのです。日本には独自の島国精神があり、これが良くも悪くも、国際感覚の欠如に起因しているようです。

最近は帰国子女も多く、英語を上手に話す日本人は珍しくありません。ただ私のような人間は、それほど多くないと感じています。

二十歳を過ぎてから、英語がほとんど話せない状態でオーストラリアに行き、極貧の学生生活を経験しました。その後、世界有数の大企業でさまざまな経験を重ね、未だに第一線で働いています。私にとってシドニーでの十年間は、自分を成長させる意味で、なくてはならない特別な時間であったと考えています。

だからこそ、その経験と行動から得たものを、皆さんと共有したいのです。この本には、私のすべてが書かれています。自分の恥ずべき過去や経験が、ほかの誰かの役に立つのであれば……という想いが込められています。

世の中は、遠回りと思う道が、意外と近道になることもあるのだなと、身をもって感じました。また一般の外国人が日本や日本人をどのように思っているかという本音も、できるだけ知っていただければと思っています。

私のように、日本で何度も挫折したちっぽけな存在でも、物事を前向きに捉えて行動すれば、なにかが起きるものです。そのことを、これからの日本を背負っていく若者と親世代に伝えたい。そして少しでも多くの人に、私の想いを伝えるために、この本を出版することに決めました（実は書く前から、そう心に決めていたのですが）。

オーストラリアから日本へ戻ってきた後に、大きく変わった行動の一つ。それは、テレビを見なくなったことです（ただし、スポーツとお笑いだけは稀に見ますが）。

主な理由は、テレビは受け身であり自分からのインプットがないことです。人は受け身になると、物を深く考えなくなるものです。視聴者は入ってくる情報を、正しいかどうかを自分で調査・確認をせずに、鵜呑みにしがちです。ただテレビで見たこと、知ったことなのに、なんだか賢くなった気分になってしまうようです。

逆に本というメディアでは、「読む」という行動と同時に、文字を頭の中で整理しストーリーに沿って場面をイメージしながら理解しようとします。そのことで一方通行ではなく、頭の中で対話が生まれます。例えば、「自分なら、こんな風に返信するけどな」、「私なら、当然こっちを選ぶけれど、この主人公はなんでこっちを選ぶの？」といった具合に。

そして本の良さは、情報の信頼性にあります。本は著者が責任を持って書いているので、いい加減な情報は載せません（例外もありますが）。また流し読みをしたり、関心のあることに付箋やマークをつけ、再度見直したりできるようにすることができます。要するに、自分のスタイルを確立することができるわけです。

私は、人が本から受ける恩恵は絶大だと思っています。本は心のエネルギーだと感じています。人には限界はなく、何歳になっても成長はできます。またなにかを成し遂げるのに、遅すぎるということは絶対にないと信じています。

たった一度限りの人生なら、「やらないで後悔する」より、「やって後悔する」ほうがよっぽどマシだと思いませんか？

しかし実際に、なにかの行動を起こすためには、その行動を自分ならやり遂げることができると信じる力が必要です。そして自分自身の可能性に賭ける決意も必要です。自分自身が自分の可能性を信じないで、他の誰がそれを信じてくれるでしょう。我々がまず最初にするべきことは、「自分の可能性を信じること」。次にそれを成し遂げるための、「行動」です。

さらに、行動を起こした自分を客観的に見て、随時軌道修正をしてでも成し遂げようとする、「意志の力」。そして、人の意見に左右されすぎては絶対にいけない。これは人の意見を聞かないということではなく、人の意見は参考にするが、「最終的な決断は自分で下す」ということです。

自分の行動に責任を取るためには、自分で物事を決めて行動する必要があります。自ら決断したことで、期待しない結果が起こった時。その責任は、自分にあります。人を責めることはできません。どんな行動も、この条件を作ることが大事です。良くない結果を人のせいにしていては、成長はありません。すべての結果には、必ずその元となる原因があるのです。

最後に、自分を褒めることを絶対に忘れないでください。どんな些細なことでも良いので、定期的に自分を褒める癖をつけましょう。褒めることを習慣とすることにより、自分に自信が持てるようになります。また自分に自信が持てるようになると、体にエネルギーが湧いてくることが実感できます。
「褒める癖」が身につくと、ほかの人の良いところも見えるようになり、ポジティブな循環ができます。「千里の道も一歩から」と言うように、成功している人達にも、必ず最初の一歩があるのです。まずは最初の一歩を踏み出せるよう、自分の習慣を変えていきましょう。

くどいようですが、人生はたった一度きりです。そして、あなたの人生をどのようなストーリーにするかは、あなた自身が決めるのです。

Do it now!（今すぐ行動！）

目次

第一章　新天地オーストラリア

たった一人の日本人

　シドニーに土曜に着き、月曜から英語学校が始まりました。パディントンという場所に知り合いがいたので、そこへ泊めてもらいセントラル（Central）という駅の近くの学校へ行きました。初日は学力検査で、次の日からクラス分けされることになりました。自分ではなんとなくできたように思えて、次の日が待ち遠しかった記憶があります。

　そして次の日に学校に行ったら、なんと、日本人は私一人でした。「やった！　やっぱりテストの成績が良かったんだ！」と喜びましたが、クラスメートを見て、「あれ？」と思いました。なぜなら同じクラスの生徒がタイ人、ベトナム人、韓国人などアジアの生徒ばかりで、ヨーロッパ系がまったくいなかったのです。

その後、クラス名を再確認し、自分の間違いに気が付きました。テストの成績が良かったのではなく、その逆でした。日本人にしては珍しいぐらい、テストの結果が悪かった（下から二番目のクラス）のです（笑）。日本人は少ない学校ではありましたが、出来の良い日本人や、ヨーロッパ系の生徒はほとんど上のクラスでした。「人生はそんなに甘くはないな」と、初日から思い知らされました。

教訓：自分の周りにいる人を見れば、自分の今のレベルや評価が分かる。

屈辱のLower intermediate（その時の実力ですが）というクラスに入れられ、テスト結果に初めは自己嫌悪に陥りましたが、すぐにそのクラスになって良かったと思いました。なぜならそのクラスは仲が良いので、昼食や休憩もいつも一緒なのです。ということは、いつも英語を使えるということです。下手に日本人がいるクラスに行ってしまうと、どうしても日本人同士で集まってしまうので、私はその意味では幸運であったと思います。

その幸運と、私の人見知りしない性格により、「スピーキング」と「リスニング」がかなりのスピードで向上しました。もともと文法などは大学入試レベルなのでたいしたことないのですが、英語の基礎はその程度で十分です。本当に大事なのは、「自分の意思を伝える力」と、「相手の意思を理解する力」だと、その時に教わりました。

それでも少し経つと、クラスメートとの会話に物足りなさを感じるようになりました。昼休みに英語の先生とexchange（日本語と英語のやりとり）をしたり、わざと一人でテーブルを占領してお昼を食べ、上のクラスの生徒が自分のテーブルに来るのを待って話したりなどして自分の英語力を磨きました。

英語学校には三ヵ月ほどしかいなかったのですが、二ヵ月も経つ頃には上のクラスの生徒もほとんど顔見知りとなり、週末に出掛ける時には声をかけてもらえるようになりました。

教訓：人は環境で育てられるもの、そして環境は自分で変えていくもの。

ビジネス・カレッジでの出会い

英語学校で昼休みに先生とexchangeをしたことにより、思わぬことが起きました。彼女が私の英語力を認めてくれたのです。

私が、「英語学校も、もうすぐ終わりだ」と話したら、英語学校と連携しているビジネス・カレッジを紹介してくれました。通常なら、私の英語力では入学させてもらえないのですが、彼女がビジネス・カレッジに話をしてくれたのです。そして私も担当者に、チャレンジさせてくれるようにお願いしました。それでもなかなか承知してくれないので、もしビジネス・カレッジについていけないようなら、また英語学校に戻ることを約束して、入学の許可を手に入れました。

ビジネス・カレッジで私は、Diploma in Managementという経営学のコースを選択し、新しい出会いに恵まれました。そのコースで出会ったのは、ヤンというチェコ人と、ガネスというモーリシャス人です。彼らとは未だにLinkedinというプロフェッショナルの人のためのＳＮＳで繋がっていますが、彼らとの出会いにより新たなシドニー・ライフが始まりました。

教訓：「出会い」は人の人生を変える力を持っている。

ヤンは同じ英語学校出身で、私よりも上のクラスでした。ヨーロッパ系でがっしりとした体つきをしているので、一見怖そうですが、ものすごくお茶目な男です。気さくな性格の彼とすぐに意気投合し、ほとんど同じ科目をとりました。彼はあまり勉強好きではなかったのですが、短時間で物事を理解する力があり、それほど勉強をしなくても、科目をパスしてしまうという能力を持っている男でした。

ビジネス・カレッジでの勉強は、私の英語力では正直かなり厳しかったです。なにせ授業で話していることの半分どころか、三分の一も分かっているかどうか、怪しい状態でした。ただ人間とは面白いもので、自分の足りないところが分かると、そこを補う方法を探します。私の場合は、テキストの内容を覚えてしまうほど読むということでした。
三学期制の最初のterm（三学期制の一つの学期。semesterは二学期制）は、テストをパスするためにテキストを猛烈に勉強しました。なぜならそれ以外に、私が前に進む方法がなかったからです。お尻に火が付いている状態だったので、日本にいた時と同じ自分とは思えないほど真剣に勉強に打ち込めました。

教訓：人は「弱点」を知ることにより、足りない部分を補う方法を考え始める。

最初のterm（第一期）をなんとかパスした後は自信がつき、さらにやる気が出てきました。おかげで、その後の科目で単位を落とすことはありませんでした。まだ英語に不安はありましたが、自分が選んだ道を信じて進むことに不安はなくなりました。
そんな時、やたらに勉強のできる人が、同じコースの同じクラスにいることに気づきました。彼の名前はガネスで、モーリシャスから来た生徒でした。初めはちょっと話す程度でしたが、クラスでassignment（宿題・課題）などを一緒にやっていくうちにすぐに仲良くなり、親友となりました。彼はフランスの大学を出ており、聡明で知的でした。ただ運動はあまり得意ではないので、ヤンとは正反対のタイプです。そのため私達が、三人で仲良く出掛けるということは、あまりありませんでした。

ガネスの頭の良さと言ったら、「なんでこのビジネス・カレッジにいるの？」というほどずば抜けていて、彼に追いつくことが私の目標の一つでした。彼自身も自分がこの国に来たのは、自分を見つめ直すためであり、このビジネス・カレッジを選んだのも、「学費が安かったから」という理由でした。この学校はローカル（地元）の生徒も結構いたのですが、多くは私達のような留学生で、パート・タイムの仕事をしながら学生をしている人達がほとんどでした。

科目をパスするために苦労している人などは、よくガネスに助けを求めていました。そのため、彼の近くにいつもいる私にも、聞いてくる人が次第に増えていきました。

教訓：人は教えることにより、よく学び、よく理解する。

シェア・アコモデーション（共同生活）

外国では、海外や地方から出てきた人は初めに、「ドミトリー（学生の寮）」に入るか、「シェア・アコモデーション」を探します。

私は働きながら学ぶ貧乏学生なので、ドミトリーに入るだけのお金がありませんでした。そこでもっぱら、シェア・アコモデーションでした。でも今思えば、シェア・アコモデーションで学校以外の人達と一緒に暮らしたというのが、大きな刺激と財産になったと考えています。

最初のシェア・アコモデーションは、韓国人のオーナーが一階に家族で住んでいて、二階の五部屋を貸している家でした。英語学校で最初に友達になった韓国人のジニーと、二人で一部屋を共有するというスタイル（さすがにベッドは二つありますよ）のところでした。

ここには二階だけで八人ぐらい生活していたのですが、私以外はすべてが韓国人でした。そのため、皆が私に優しくしてくれました（笑）。また私と話すには英語を使わないといけないのですが、彼らも私も英語が上手でないので、身ぶり手ぶりを使いなんとか意思を伝え合って生活をしていました。

オーナーも日本人の私に優しくしてくれて、よくキムチを分けてくれました（笑）。あまり上手ではない英語でしたが、起きている間は基本的に英語という生活を繰り返すことにより、意思を英語で伝えるということが体に染み付きました。それが私の自信となり、次のステップが見えてきました。

教訓：「習うより慣れろ」での経験が、人を次のステップへと押し上げる。

韓国の人達とのシェアは、私に新たなことや大切なことを教えてくれました。

例えば韓国の人が、「レストランに行こう」と言う時は、必ずそれは、「韓国レストラン」を意味することや、「フ」（例えばdolphin、ドルフィンなど）の発音ができない人が多いこと（「ドルピン」となるので女の子なら可愛いかな）、そして二年間の軍隊生活（一部の人以外は必須）により精神的に強いこと……などです。

数ヵ月して私は、自分の英会話のレベルがだいぶ上がってきていることを感じ始めました。たぶん、ほかの人よりも多く話をし、常に英語で物事を考えていたので、英語に英語で反応する速度が速くなってきたのだと思います。ボキャブラリー（語彙）やグラマー（文法）は相変わらずでしたが、もう少し高いレベルの人達と会話をしたいという欲求が出てきました。

ちょうどそんな頃、少し前に触れたヤンというお茶目なチェコ人が、ビクターという弟分と私と三人で、「二部屋のユニットをArtarmon（アーターモン）という駅の近くで借りないか」という話を持ってきたのです。家賃が週百九十ドルなので、三で割れば電気代などを含めて九十ドルぐらいで収まったと思います。なんとか生活はできる範囲だったので、思い切って一緒にユニットを借りることにしました。

そこでの生活は、違う意味で刺激的な毎日でした。ヤンはチェコやスロバキア（元は一つの国）の友達が多いので、常に誰かが我々のユニットに遊びに来ていました。また仮の宿として、数週間泊まっていく友達も多くいました。その中には綺麗なブロンドの女性などもいて、正直初めはちょっと困っていましたが、慣れてくると一緒にパブ（飲み屋）に出掛けたり、夜通し語り合ったりして楽しい時間を過ごさせてもらいました。

そこでは私は、「東洋の神秘」と称して、背中をボキボキと鳴らすマッサージを披露しました。まさかこんなところで、中学時代に先輩にやらされた経験が活かせるとは思いませんでした。ヤンが私のマッサージのことを遊びに来た友達に言うので、「やって、やって」とすぐに言われました。でも女性には、あまりマッサージをしたことがなかったので、力加減や触ってはいけないところに注意をしなければならず、神経をずいぶんと使った記憶があります。

ただ一つだけ言えることは、この生活で、私の英会話力が飛躍的に進歩したということでした。

教訓：過去の経験が、「いつ」、「どんな時に」、「どんな形で」役に立つかは誰にも分からない。だが一つだけ言えることは、「やっていないことは再現できない」という

ことだ。

極貧生活（収入と支出）

三ヵ月の英語学校の後に、ビジネス・カレッジ（単科大学）で経営とマーケティングを一年半勉強すると、私はウエスタン・シドニー大学への入学許可を取りました。シドニーに行く前はビジネス・カレッジ（単科大学）を卒業すれば十分だと思っていたので、英語学校と航空券の手続き後の残高は、確か百五十万円くらいでした。

シドニーへ行くと決めて、四年間で二百三十万円ぐらい貯めたのですが、英語学校の支払いやアコモデーション（宿泊代）、その他の手続きなどで、手持ちはすぐに百万円代に突入してしまいました。自分の夢のためなので仕方ないと思いながらも、貯金通帳の残高が減っていく様を見るのは、寂しい気分であったことを今でも覚えています。

私は比較的安い英語学校を選んだので、授業料は確か週に百六十オーストラリアドルぐらい（ディスカウントも含めて）でした。十五週で二千四百オーストラリアドル（約二十万円）ぐらい、そしてアコモデーションや生活費が週二百オーストラリアドルぐらい（かなり切り詰めて）だったので、基本的に学費分しかない状態でした。

そのため、すぐに仕事を探し始めましたが、英語という問題があったので地元のお店では相手にされませんでした。初めのうちは毎日「position available（ポジションに空き有り）」という張り紙がしてある店を見ては、履歴書を配って歩いていました。でも五十軒ぐらいに配って、電話がかかってきたのはたった一つだけでした。

そのお店は、日本語を話すスタッフが必要ということで電話が来ました。頑張ってなんとか面接の場所と時間を聞き取りましたが、英語で接客をする自信は正直あまりありませんでした。

しかし人は、「決断・決意」をすると肝が据わり、平然となるものです。なにせ私には、失うものはなにもなかったのです。それに仕事を探さないと、生活ができないことは分かっていました。

教訓：人はなにかを「決断・決意」することにより、物事の見方が変わる。

面接場所として指定されたCircular Quay（サーキュラー・キー）にあるホテル・インターコンチネンタルに到着して、電話がかかってきたと思われるお店に行きました。そしてインタビューの予約があることを告げると、外にあるソファで待っているように言われました。

少しすると、コアラのような髪型の男性が来て、「森進一です」というギャグで話し掛けてきました。彼が店長のサイードさんでした。サイードさんが丁寧な英語でインタビューをしてくれたので、私のつたない英語でもなんとか会話ができ、雇ってくれることになりました。

オーストラリアでは、学生ビザでも週に二十時間（平均時間）は就労していいことになっていました。そのため週に約二百オーストラリアドル（一万八千円ぐらい）の収入はなんとか確保できました。でもこの収入では、家賃と食事代ぐらいにしかならず、買い物はほとんど、Home Brandというスーパーが製造しているStyle oneのような安価なものしか買えませんでした。

ただ、長期休暇中は平均二十時間の制限がなくなるので、その時に余分に働き蓄えるという生活をしていました。一時期はThe Rocks（ロックス）というフリー・マーケットで、オーストラリア人のアーティストの絵を売ったりして生活を支えていました。

たぶん日本にいたら、あり得ないぐらいの貧乏生活だったと思います。例えば、私が住んでいたGranville（グランビル）という駅のそばに中国人が経営するお店があり、そこでは冷凍の三パック納豆が三オーストラリアドル（二百八十円ぐらい）で売っていたのですが、それを買うのも躊躇するほどの節約生活でした。

今にして思えば、そのような貧乏体験があるからこそ、お金のありがたみがよく分かるのだと思います。

教訓：苦労の数が、人格を豊かにする。そして貧乏生活は、ハングリー精神を養う。

この極貧生活での唯一の楽しみは、Tax Return（所得税の納税申告）でした。オーストラリアでは、毎年六月の終わりが所得の締めとなります。

「なぜ所得税の納税申告が楽しみなの？」と思う方も多いと思います。所得が少ないから楽しみなのです。「え？　意味が分からない」と思われるかもしれません。ですがそれは、日本とオーストラリアの税法の違いだけでなく、「毎年自分で責任を持って、所得税の申告をする」という文化的な違いがあるからなのです。

貧乏学生であった私の収入は、一般の人の三分の一以下でした。さらにオーストラリアでは、学費や教科書など自己学習のためにかけた費用の三十パーセント程度を、このTax Returnの時に返金請求ができます。またそれだけでなく、コンピューターやプリンターなどの電子機器も、三年間の減価償却で分割して払った税金からの返金申請が可能です。

このありがたいシステムのおかげで、毎年払った税金の多くが戻ってきました。戻ってくる額は年により前後しますが、三千から四千オーストラリアドル（三十万円から四十万円）ぐらいは戻ってきた記憶があります。

節約の日々を過ごしていた私にとっては、一年で一番嬉しい時期であり、この戻ってきたお金を貯めて安いバイクや車を買い、通学の足にしました。なぜ車が必要であったかと言うと、シドニーで行く大学を決める時に、「学費が安く、日本人が少ない学校」を選んだために、Parramatta（パラマタ）というシドニーの西に位置する、当時はあまり日本人が行かないキャンパスに行くことになったからでした。

さらに科目によってはさらに遠い、Penrith（ペンリス）キャンパスにも行かなければならなくて、車が必要となりました。ちなみにPenrithキャンパスは、シドニーの中心地から車で一時間以上かかる場所でした。

オーストラリアのTax Returnから、日本では学ばなかったいろいろなことを学びました。

・自分の払った税金から、なにがClaim（払い戻し請求）できるかを考える

・請求のためにレシートを常に保存する

・Claim（払い戻し請求）をTax Accountant（税理士）に気軽にお願いすることができる

このシステムは、学生や社会人が税金の仕組みを理解する上で、非常に大事なものだと思います。日本では学生や社会人が、自分ですべての納税申告をすることは少ないと思います。例えば会社員は、会社が年末調整をやってくれます。そのため自分がどのように税金を支払い、なにを還元することができるのかという知識がほとんどありません。これが、日本人の投資に対する興味の低さに繋がっているのではないでしょうか。

教訓：税法を知らないものは損をし、上手に使うものは得をする。

二十五歳の大学一年生

シドニーでの極貧生活も二年目となり、この頃になると、「なんでこんな苦しい生活をしながら海外にいるのか？　日本に帰って就職すれば、もっと気楽に過ごせるのでは？」などという考えが頭をよぎり始めました。

なぜなら、挑戦として始めたビジネス・カレッジのDiploma in Management & Marketing（ディプロマ）のコースも、三学期制の最後のtermとなったからです。

私の当初のゴールは、このコースを卒業することであったので、その先をまったく考えていませんでした。友達のガネスも同じTermで卒業をするので、「この先どうするの？」と聞くと、彼は、「ビジネス・カレッジで受けた教科の免除をもらい、大学に行く」と言いました。

それまでの私は、自分がオーストラリアで大学に行くなどとは考えていませんでしたが、ガネスの言葉を聞き、情報を集めることにしました。そしてBurwood（バーウッド）の駅から住んでいるアコモデーションの間にある、community college（地域密着型の格安学校）に飛び込み、resume（履歴書）や過去に受けた学科の証明書などを、どのように大学へ提出すればよいかの相談に行きました。

この頃の私は、過去の経験から、「自分のことは自分でやる」、「まず動く」、「ためらわず飛び込む」という習慣が自然と身についていました。仕事探しやビジネス・カレッジへの入学などが、「自分で動くことにより、状況が変わる」ということを証明してくれたからだと思います。

ただし、準備を進めている途中で「本当にシドニーの大学に行きたいのか？」という疑問はありました。懸念点の一つ目は、「年齢」でした。私は二十五歳で大学へ入学することになります。日本の友達は会社に慣れて、大きな仕事を任され始める頃でしょう。

「そんな時に、自分は大学に行くことが本当に良い選択なのか？　この決断により、実は社会から取り残されてしまうのではないだろうか？」

そのような不安が、頭をよぎりました。

もう一つは、「お金」の問題です。オーストラリアの大学にOversee students（海外からの生徒）として入学するためには、日本の大学並みの学費を払わないといけません。仕事がすぐに見つかったおかげで、幸いにも入学金と初年度の支払いぐらいは問題なくできそうでしたが、二年目以降は、どこまでお金が捻出できるか分かりませんでした。

私は、「大学へ進学する」という挑戦を見つけた半面、不安要素を持ちながら過ごしていましたが、やはり持つべきものは友達です。ガネスや、ほかの大学へ行くと決めた友達と話しているうちに、「年齢」や「お金」を気にしている自分がばかばかしくなりました。彼らの中には私よりも年上の人もいましたし、私よりも生活費に困っているインドネシアや、ラトビアの生徒などもいたのです。彼らはみな、小さなことは気にせず、オーストラリアの大学を卒業した後のことを考えていました。

教訓：向上心のある仲間が、自分では見えなかった世界を見せてくれる。

二年目以降の学費は後で考えるとして、私は大学に行くことにしました。次の選択は、「学部」でした。その時点での目標は単に、「大学に入ること」であったので、「なにを学びたいか」というものはありませんでした。でも私はシドニーに来て、「コンピューターとインターネットの利便性と重要性」を痛感していました。

例えば海外から来ている生徒のほとんどは、Eメールで友達や兄弟と連絡を取っていましたが、私は友達のメールアドレスなどはあまり知りませんでした。また、オーストラリアにはCalling Cardという、十オーストラリアドル（約千円）で五時間ぐらい国際電話ができるインターネット回線を利用したカードが販売されていました。

オーストラリアは南半球にあり、どの国からも離れているということもあって、積極的にテクノロジーを利用しているなと感じました。

そのような経験から、大金を払って大学で学ぶのであれば、「ＩＴ（インフォメーション・テクノロジー)」だと考え、専攻を「Software development（ソフトウエア開発)」に決めました。

ただしＩＴを選択した場合には、前の学校で勉強した科目の免除はもらえないということが判明しました。ここでも少し悩みましたが、どうせ学ぶなら、難しくても技術系のほうが将来の役に立つだろうと覚悟を決めました。私は入学に必要な書類を、アドバイスを受けながら自分で作成して提出しました。

オーストラリアの大学に願書を出す時には、「ＩＥＬＴＳ」という英語のテスト結果も出さないといけません。私は日本語をあまり話さない環境に身を置くことを常としていたおかげで、その頃には、ＩＥＬＴＳのアカデミックという専門的なテストで、「7.0」のスコアが出せるようになっていました。これはＴＯＥＩＣで言うと、九百から九百五十ぐらいのレベルだと言われています。

ＩＥＬＴＳテストの結果を見て、初めて自分が今までやってきたことは無駄ではなかったと実感しました。なぜなら、ＩＥＬＴＳのスコアが学部の要望に達しないために入学できず、さらに半年、一年と、英語だけを勉強するコースに通わないといけない人達を見てきたからです。

シドニーに来た当初は、英語学校の下から二番目のクラスに入れられた生徒が、一年半で大学に入学できるレベルまで行けたのは幸運だったと思います。しかも英語学校に通ったのは最初の三ヵ月だけなので、その後は、「ほかの人が言っている、使えそうなフレーズを覚えて、自分でも言えるようにしていく」ということの繰り返しでした。

もしもIELTSで高得点を出せなかったら、大学に行くと決めたとしても書類選考で落ちていたでしょう。また、入学ができたとしても授業についていくことができないのでは、入った意味がなくなってしまいます。

よく日本人同士でグループを作っていつも一緒にいる人達がいますが、それが本当に今の自分に必要なことでしょうか？　多少寂しくても、孤独感にかられても、日本人の輪から外れて自分を磨くことも時には必要ではないでしょうか。日本人と一切付き合いをするなと言っているのではなく、心の通じる友達であれば、たまに会うだけでも十分だと思います。要するに、「なんのために自分は海外にいるのか?」ということを、考えることが重要だと思います。

私は、「少ない給料を三年間貯金して、やっと手に入れた海外生活というチャンスを、どうフル活用できるか」と、いつも考えて行動していました。中には私のことを、「外国の友達を大切にして、日本人の友達をないがしろにしている」と思った人達もいたかもしれません。

しかし二十五歳の貴重な時間と、少ない給料から貯金したお金を使って生活している自分を考えると、それ以外の行動を選択することが考えられなかったのです。

教訓：チャンスは下地を作り、準備をしている人にだけ訪れる。

Parramatta（パラマタ）キャンパスでのオリエンテーションの当日が来ました。当初は大学の仕組みがよく分からなかったので、ひとまずParramatta駅からバスでキャンパスに向かいました。日本で大学に行かなかった私にとっては、広いキャンパスがとても新鮮に感じました。

学部の説明会では、選択科目や購買しなければならないテキストなどの話はありましたが、日本のようにサークルの勧誘などは一切なく、純粋に勉強の話ばかりでした。外国の大学は入るのは難しくないが、出るのが簡単ではないとは聞いていました。オリエンテーションから、その雰囲気は伝わってきました。特に私の学科は、Bachelor of Computingという新しい学科であったので、コンピューターに特化しているだけでなく、ＩＴに関わる法律や契約の基礎などの、いろいろな科目が並んでいました。

そこで最初に驚かされたのは、テキストの厚さと値段の高さです。オーストラリアはアメリカやイギリスのテキストを主に使用しているので、一冊の値段が五十から八十オーストラリアドル（五千円から八千円）ぐらいでした。そして1 semester（大学は一年二学期制）で十冊近くのテキストが必要です。

そのため、最初にテキストを購入するだけでも軽く七、八万円かかります。生徒によっては前の学期で使ったテキストで売りに出されているものを探しますが、私はテキストに書き込んだり、色分けしたりするため、中古のオプションはありませんでした。今でもそれらのテキストは倉庫にしまっています。

教訓：物の価値を決めるのは自分。払っただけの元を取ればいいだけ。

オリエンテーションも終わり、大学での授業が始まりました。専攻は、「ソフトウエア開発」でしたが、最初の一年目の半分近くの科目は、ビジネスに関するものでした。Statistics（統計）やBusiness law（ビジネスに関する法律）、Accounting（会計）などの特殊科目も多く、たいへん苦労をしました。でも幸いにも、これらの科目は現地の生徒やほかの留学生よりも理解が早かったと思います。

また最初のsemester（学期）で多くの友達ができました。空いている時間などに勉強会をやるからです。assignment（課題）を、空き時間にカフェテリアなどでやるので、私の周りに座って一緒に勉強をする生徒が増えました。また、同じ科目を取っている生徒は同じコースの場合が多かったので、大学生活で外国人の友達には苦労しませんでした。

ただし、大学入学当時の私の英語力は、ネイティブにとってみれば、英語がやっとしゃべれる程度のレベルだったのでしょう。オーストラリアの学生にとってみれば、コミュニケーションが取りづらいことも多くあったと思います。そんなたどたどしい英語の私に、好意を示してくれたローカル（地元）の生徒の一人がマイクです。またその少し後に、イアンというローカル（地元）の生徒とも仲良くなりました。

この二人とは、大学を卒業後も家族ぐるみの付き合いをしており、今でもどちらかがオーストラリアに行くか、日本に来る時には必ず会っています。特にマイクは、「Best friend」と言っても過言ではないぐらい、卒業まで常に一緒に行動をしていました。彼の日本人的な気遣いと、私のオージー（オーストラリア人）的な性格がうまくマッチしたのだと思います。

オーストラリアの大学での授業は、私にとってはとても刺激的でした。でもコンピューターをまともに勉強したことがなかった私が、大学の試験にパスするためには、寝る時間を削って勉強をする以外に方法がなく、バイト以外は勉強をしているという毎日が続きました。

私は常にマイクや留学生と一緒にいたために、英語での生活で脳を使うだけでなく、慣れないコンピューターの勉強でも脳をフル回転させて生活をしていました。今考えると、あの生活によく耐えられたと思いますが、あの時は大学を三年間で卒業することだけしか考えていなかったので、「辛い」や「疲れた」などと言っているオプションはありませんでした。ただ日々を、精一杯生きていました。

教訓：継続は力なり。また知的好奇心は疲れを忘れさせる。

シドニー・オリンピックでの経験

最初のsemesterが終わり、大学生活に慣れてきたので、新しい仕事を探すために、「Job Agency（仕事の仲介や派遣の会社）」に登録に行きました。もし可能であれば、パートタイムでＩＴの仕事がないかと考えたからです。

オフィスに登録に行ったところ、「オリンピックでテレビアシスタントの仕事の募集がある」と言われました。夏休みの間の仕事を探していたので、言われるままにインタビューを受けたところ、合格し、次の月に行われる説明会に参加してくれとの連絡がありました。

説明会はNSW Universityというシドニーの中心地からバスで二十分ぐらいのところにある大学の教室で行われ、到着した時にはすでに三十人ぐらいの人が集まっていました。エージェントが日本のテレビ局から委託された仕事のようで、日本人の大学生が多いようでした。また、現地生まれで親のどちらか一方が日本人という若者やツアーガイドなどをしている人達も多く見られました。

説明会にはテレビ局の人も来ており、前回のオリンピックでの話などもしてくれました。その後は役割分担に応じて、事務局、翻訳、カメラアシスタントなどの詳細な説明へと移りました。私はカメラアシスタントにアサインされ、ほかの六、七名と一緒に、今後の段取りなどを聞きました。そして心を弾ませながら、オリンピックの開始を待ちわびていました。

仕事はオリンピック開催の一週間前ぐらいに始まり、最初の仕事は空港にカメラマンと機材を迎えに行くことでした。その日の朝にCityのそばのCar Rental（レンタカー）に行き、五名ほどのチーム・メンバーと一緒にワンボックスを借りて、シドニー空港に行きました。メンバーの中には車の運転に慣れていない人もあり、いろいろなアクシデントがありましたが、無事にカメラマンと機材をOlympic park（オリンピック開催のために新しく造られた場所）のbroadcast centerに送り届けることができました。

そこには全世界のテレビ局が集まっており、私達もメディアということで、どの会場にでも出入りできるパスを貰いました。すべてがマスコミという雰囲気に、少し戸惑いました。

オリンピック開始前の最初の仕事は、オープニングセレモニーの朝に日の出を撮影するという仕事でした。前日に日の出の撮影ができそうな場所を確認し、朝にピックアップする時間を決め、無事に撮影を終えました。

そしてOlympic parkに戻り、オープニングセレモニーで会場に集まっている人達にインタビューをしました。撮影したテープはその日のうちに送る必要があるため、それらの作業が終わったのは夜の十時過ぎだったと思います。

この日から、緊張と刺激の毎朝が二十日間近く続くのでした。

教訓：人は変化に対して不安を抱くが、変化のない状態のほうが、よほど危険。

二〇〇〇年という、歴史的にも大きな節目にシドニーの大学に在籍していたことは、本当に大きな財産だったと思います。Sydney Olympicではいろいろなドラマに遭遇しました。「スポーツは、筋書きのないドラマ」というのは真実だと痛感しました。

今でも覚えているのは、女子のソフトボール決勝戦です。決勝戦では、日本が四回の表にアメリカから1点を先制しました。このまま行くかと思いきや、アメリカが五回に1点を返す展開でした。

その間、私は録画終了後、すぐに日本に情報が送れるように、誰がなにを打ったのか、どのような守備をしたのかなどをメモしていました。そして延長戦の八回裏にアメリカがサヨナラ勝ちという結果で幕を閉じました。

試合後の記者会見でも、カメラマンと一緒に撮影をしましたが、インタビューを受けている日本人選手の悔しそうな表情は今でも忘れられません。以前に日本チームが勝っていると聞いていたので、実力的にはほとんど差がない両チームだと思いますが、やはり勝つには勝つなりの理由があるのではないかと思います。

ただ負けるチームには、特別な理由があるとも限らないでしょう。たまたま、相手チームのほうが全体的に調子がよかった。もしくは相手のチームのほうが内部でなんらかの共通目標があり、ベンチやスタッフを含めて、すべてのメンバーが強い絆で団結している場合もあります。

ご存じだと思いますが、金メダルと銀メダルにはとても大きな隔たりがあります。また同様に、銀メダルと銅メダルでは大きな開きがあります。アスリートは常に本番で実力を出せるように調整をしていると思いますが、自己ベストを出せず、途中で脱落してしまう選手の表情を見ているのは本当に辛いものです。たぶん、彼ら、彼女らは忙しい仕事の合い間に頑張って時間を作り、四年に一度の大舞台のために毎日限られた時間で練習をして、この大会に臨んでいるのです。そのような本気と本気のぶつかり合いを目の前で見られたことは、私にとって、とても大きな収穫であったと思います。

ほかにも水泳、マラソン、飛び込みなど、いろいろな競技を見ました。マラソンの高橋尚子選手が金メダルを取った後の特別記者会見も見ましたが、金メダルを取った選手は、穏やかで満足感のある表情をしていました。

選手の中には二大会連続でメダルを取る選手もいますが、四年に一度という本当に長い期間で集中力を持続させるのは、並大抵の努力ではないと思います。

スポーツに自分のすべてを賭ける選手を見て、「自分もいつか彼らのように輝くことができるのか？」と少し不安になりました。それと同時に、私がオーストラリアに来た理由は、「人に負けないなにかを手に入れること」であったことに、改めて気づかされました。

そのような意味でもSydney Olympicは、私にとって生涯忘れることができないイベントです。

教訓：努力を継続することができる人間だけが、人生で輝くことができる！

オリンピックでの収穫は、そこでの経験だけではなく、新しい仲間に出会えたことです。

シドニーの西の町に住んでいる私は、あまり日本人との交流がなかったのですが、今回の仕事により他所のUniversityに通っている友達ができました。Sydney Olympicの後にもよく集まり、昔話や卒業後の身の振り方などを話し合ったものです。

前に少し話をしたと思いますが、私は英語を話す環境を作るために、できるだけ日本人の友達を作らないようにしてきました。ただし本当の理由は、ただオーストラリアに住みたいというだけで目的もなく生活している人達とは話が合わなくなってしまっていた、という理由もありました。

その時はシドニーで大学を卒業した後にどうするかは、明確に決め切れていませんでした。でも、ほかの人よりも過酷な環境と条件で必死に大学に行きながら、バイトで生計を立てている自分のプライドとして、「能天気な学生とは友達になりたくない」という気持ちがあったのだと思います。

日本で生活している場合には、以前からの友達などもいるので、急に友達付き合いをしないというわけにはいかないでしょう。その点、オーストラリアでは、新しく会う人がほとんどなので、自分が友達として迎えるかどうかを選ぶことができます。それは同時に、相手も私を友達として迎えるかを決めることができるということです。

正直なところ、あまり積極的に人付き合いをしない私にとっては、このようなしがらみがないオーストラリアの生活は最高でした。

二〇〇〇年のSydney Olympicでのエキサイティングな体験が、私をシドニーに長く住まわせるきっかけになったことは、曲げようのない事実だと思います。またシドニーは多国籍な文化があり、China Town（中国人街）、Korean Town（韓国人街）、Vietnam Town（ベトナム人街）、Italian Town（イタリア人街）などのように、いろいろな食や文化、そしてバックグラウンドに触れることができ、いつでも新鮮な驚きを与えてくれる町でした。

教訓：本当の友は作るものではなく、自然と通い合うもの。

永住権

Sydney Olympicから二年が経ち、卒業後の進路を決めないといけない時期になってきました。

大学の最後の学期では五人ぐらいのグループを作り、ソフトウエアの設計から始まり、実際に動くものを提供しないといけない卒業プロジェクトがありました。そのプロジェクトでは、ベトナム出身のダンと私がプログラマーとして、Visual basicで予約システムを作りました。

この最後の学期は、「寝る時間も惜しい」というぐらい時間と闘いながら、完成までこぎつけました。途中、一つのブロックに書けるコード数を超えてしまい、動かなくなるなどのアクシデントや仕様の変更などもあり、本当に大変でした。でも、その苦労と経験が、今の私を作ってくれていると感じています。

当時は本当に貧乏生活をしていたので、「絶対に三年間で卒業をし、すぐに仕事を見つけたい。そして給料で人並みの生活が早くしたい」という思いで頑張ってきました。

その時点では、「三年で卒業」が目標であって、その後の人生を考える余裕は全然ありませんでした。

教訓：苦労の数だけ人は幸せになれるし、人にも優しくなれる。

卒業前に一番最初に決めないといけなかったことは、「オーストラリアに残るか、日本に戻るか」ということでした。正直なところかなり迷いましたが、もし地元で自分が納得できる仕事が見つかればオーストラリアに残り、見つからなければ日本に戻ろうと決めました。

そこからIT関係の仕事をいくつか探し応募をしましたが、すぐには見つかりませんでした。少ししてから日本の大手企業のIT部門で、日本語と英語ができる人を募集している記事を見つけて応募しました。ただし応募条件が、「システム管理やデータベースアドミン経験が五年以上」となっていたので、私は正直ダメだと思い、申請することと自体をためらっていました。

しかし、当時の彼女（現在の妻）が、「募集をしているんだから、応募してから考えればいいいじゃない」と言うので、申請したところ、なんと面接のお知らせがきました。その面接も三次面接まであり、なかなか決まりませんでしたが、日本の取締役で現地の社長との最終面接で仕事が決まり、オーストラリアに残ることになりました。

ただし採用後の電話で、経験が少ないということで以前に提示されていた額よりも少ない給料でのカウンター・オファーとなりました。日本企業とはいえ、従業員の九割は現地の人間という環境で働けることが嬉しく、自分が少しは世間から認められたように感じ、「その条件で問題ありません」という返事をしました。

オーストラリアでは通常三ヵ月は試用期間（雇用主は、この期間中であれば無条件で辞めてもらうことができる。逆に雇用者も、辞めることができる）があります。でも私はその期間での働きが認められて、給与も試用期間終了後には、最初の提示額に戻してもらうことができました。

教訓：人はアナタの能力や働きにより、提案条件を変えてくる。自分の行いがそのまま自分に返ってくると理解することが大事。

オーストラリアでフルタイムの仕事をするためには、ビジネスビザが必要となります。会社がスポンサーとなってくれれば取得することもできますが、「Permanent Residency Visa」、いわゆる永住権を申請することも可能です。ただし永住権を申請するためには、職務経験、ＩＥＬＴＳ（英語力テスト）、学歴、年齢などさまざまな要素がポイント化されており、そのポイントを超える必要があります。

私はコンピューター系の学部を卒業したので、ほかの業種よりもポイントが高く、永住権を取れる可能性が高かったため、「permanent residence」を申請しました。手続きには少しお金と時間がかかりましたが、外国の永住権が取れるチャンスなどはめったにないため、申請をして結果を待つことにしました。

申請中はフルタイムで働けるため、生活にはほとんど支障がありません。また永住権を持っていれば、スポンサーとして婚約者、もしくはパートナーにも同様の永住権を取ってあげることもできます。

ただ大きな声では言えないですが、「ビジネスビザを取ってあげるから」と言い、安い給料で長時間働かされるケースもあるという話も聞きます。だからスポンサーをしてくれる会社がブラック企業かどうかは、事前にきちんと確認したほうがよいと思います。

現にワーキングホリデーでオーストラリアに来ている人に、ビジネスビザのチャンスをほのめかし、信じられないぐらいの長時間勤務をビザがある間だけ強制。「結局、ビジネスビザはもらえなかった」という人に、何人も会いました。

教訓：本当のチャンスは突然やってくる。そのチャンスを捉えて活かせるかどうかは、自分次第。チャンスを力に変えることができれば、人生はさらに面白くなる。

オーストラリアでの会社勤めにも慣れ、公私ともに生活にリズムが出てきた頃、「永住権が下りた」との連絡がありました。取得できる確率は高いとは言われてはいましたが、実際に外国の永住権をもらえた時は、とても嬉しかったです。この永住権により、私のオーストラリア生活の第二部が幕を開けました。

最初に勤めた日系企業では、ＩＴ部門でシステムアドミン（システムの運用や管理）の役割をしていました。シドニー・オフィスはHead office（本社）であるため、ほかの地域にある工場のシステムも管理していました。

シドニー・オフィスには約六十人ほどの社員がおり、オーストラリア全体ではほかに六つのオフィスがありました。その規模を、私を含めて五人のスタッフでやり繰りをしないといけなかったので、最初の一年間は多忙な毎日を過ごしていましたが、やりがいのある仕事でした。

ＩＴ部門はネイティブのオーストラリア人が二人、インド系のオーストラリア人が二人、そして私という構成であり、またオフィスに地元の人が多いため、基本は英語でのコミュニケーションでした。オーストラリア・アクセントが強い人も数人いたので、オージー・イングリッシュに慣れるには絶好の職場でした。特に地方のオフィスと電話で話す時には、かなりの集中力が必要でした（笑）。

外国では、「キャリアパス」をとても大事にします。そのため、転職をすることで給料を上げていくというのは当たり前であり、転職をする人に後ろめたさは全然ありません。送り出してくれる同僚は、「次の就職先のコネが見つかった」などと言い喜んでくれます。

その文化に馴染んでしまった私は、三年後に外資系（アメリカ）企業に転職し、その一年後に、さらに大手の外資系企業に転職をしました。正直な話、日本で大学に行かなかった時点で、このような名だたる一流企業で働くことはあきらめていました。でもオーストラリアに来たことにより、「肉体労働者」であった私が、「知的労働者」へ仲間入りできました。

今でも私がオーストラリアの大学で勉強をすると決めた時に、サポートしてくれた両親にとても感謝しています。もしこの時に英語圏の大学でローカルの生徒達と対等にやっていけるという自信を持つことがなければ、日本に戻っても、たぶん中途半端な仕事で自分をごまかしてしまったのではないかと考えています。

もちろん、小さな企業に入り自分の力で大きくするぐらいの気概を持つことも大事ですが、大企業でしかできない経験もあると思います。また、私自身も一度は大企業で働きたいと思っていたので、オーストラリアでの生活はまさに、私の人生の転機であったと考えています。

教訓：急がば回れ。一見、遠回りと見える道が、実は近道である場合もある。

第二章　日本での挫折

受験勉強

高校三年生の時に、「君は将来、何をしたいの?」と聞かれたら、たぶん、「大学に行ってから考えます」と答えていたことでしょう。私はそんな、目標のない普通の高校生でした。

私がいた高校は、一般では進学校と呼ばれるところだったので、「周りの人が大学受験するから、自分も受験勉強をする」というような、主体性のない考え方をしていました。今の自分から見ると、髪の毛を茶髪にして部活動もしていないのに、あまり勉強もしないという、本当に中途半端としか言えない高校時代を過ごしていたと思います。

貴重な高校の三年間を、バイトや遊びで過ごしていたことを、今になって本当に後悔しています。高校生の皆さんには、もっと有意義な三年間を過ごして欲しいと思います。

話は変わりますが、中学二年生の時に、実の母親をガンで亡くして以来、私にはすべてを環境や境遇のせいにする悪い癖がついていました。なにかできなくても、自分は母親を早くに亡くした境遇だから……というような気持ちでいました。父親が再婚したので、高校時代の友達にはそれを話したことはほとんどなかったのですが、心のどこかに自分の境遇に対する甘えがあったことは捨てがたい事実です。

教訓：世の中で最も手に負えないものは、「物事を環境や他人のせいにする自分への甘さ」である。

高校一年の時は陸上部に入っており、しばらくは真剣に部活動に打ち込んでいました。でも陸上は自分との戦いでした。毎日反復練習をし、時間を掛けて数秒のタイムを短くするという自分に厳しいスポーツであったことから、当時、根性であった私は途中で辞めてしまいました。顧問の先生に対しては、「サッカー部に入ろうと思います」という口実で退部をしたのですが、結局はサッカー部にも入らずにバイト生活を送っていました。

そして部活動をしていないクラスメートと放課後に遊ぶようになり、「今が楽しければいいかな」という考えで、高校生活を楽しみました。幸いにも馬鹿騒ぎができるクラスメートに恵まれたので、常に学年でも一、二を争うほど騒々しいクラスの中心として楽しみました。

それが原因というわけではないと思いますが、将来の目標や夢などは全然ありませんでした。

ただ、どんな馬鹿騒ぎをし、楽しんでいても、結局は、「周りの友達は両親が健在なのに、どうしてオレだけが……」という気持ちが常に浮き沈みしていました。今の自分から見れば、「過去のことをくよくよしているかっこ悪いガキ」としか思えませんが、その当時の私は、どうしようもないほど子どもだったのだと思います。

不幸中の幸いは、女子にあまりモテなかったことだと思います。当時のアルバムなどを見ても、ルックスが悪かったわけではないと思うので、女子に対してぶっきらぼうだったようです。もし女子に人気がある生徒であったら、遊び過ぎてもっと悲惨な状況になっていたと思います。


高校時代の三年間は赤点ぎりぎりで、なんとか進級していた状態だったと記憶しています。そんなわけで、現役で合格できる大学はあるか、ないかという状況でした。ただ、私はなぜか、「根拠のない自信」を昔から持っている性格だったので、一流大学に受かるつもりで受験をしました。

結果は、一流大学はすべて落ちて、三流と言われる大学の一つに補欠合格しただけでした。もっと早く自分が受験勉強に向いていないことに気がつけば、ほかのことに時間を費やすことができたのですが。勝てない勝負をしたがる、無意味なチャレンジ・

スピリットのために、無駄なお金と時間を受験に費やしてしまいました。

教訓：物事の本質を見極め、無駄なことに労力を使わないようにするのが大事。

プロフェッショナル

日本の大学受験で、自分が受験勉強に向いていないことを痛感させられましたが、大学へ行くことを目標として勉強をしていたので、「その選択はない」と急に言われて困ってしまいました。あきらめずに最後までやり遂げることも考えましたが、大学に行っても、結局は親に学費を出してもらわないといけないし、それが本当に正しい選択であるのか分からなくなってしまいました。

その時に自分は、走ることが得意であったことに気がつきました。学年で一番ではなかったのですが、中学時代は関東大会に行くレベルの部活でいつも上位であり、体力面とダッシュ力には自信がありました。またその当時、人気の自転車マンガがあり、その影響から私は突然に、「自転車選手になろう！」と決めました。

親に、「受験勉強をやめて、自転車選手になる」と告げた時には、「頭がおかしくなったか？」と思われたと思います。反対されたというより、呆れてものが言えないという感じでした。

次の行動は、「どうすれば自転車選手になれるか？」を調べることでした。その当時は千葉県の松戸市に住んでいて、近くに松戸競輪場があったので、まずは競輪選手が出入りするような自転車店を探しました。すると競輪場からそれほど遠くないところに競輪選手が出入りする自転車店があり、そこには競輪選手を目指す練習生がいることも分かりました。

「これだ！」と思った私は、自転車店さんに行き、競輪選手になりたいと考えている旨を話し、なにをすればいいかを聞き出しました。練習に最低限必要なものは、競輪用の自転車、ヘルメットなどであることが分かりました。また、練習生が練習する場所もいくつか決まっているので、そこへ行けば一緒に練習ができることも分かりました。

ただし、一つ大きな問題が浮かび上がりました、それは競輪用の自転車やそれに付随するギアは特殊なものが多く、結構な値段がすることです。例えば、競輪用の自転車は車輪が空回りしないもので、ブレーキはなく、自分の足でスピードを落とす必要があります。

自転車を買うお金がない私は、練習を始める前に、資金を稼ぐ必要がありました。そこですぐにバイトを探し手軽な値段で買えるロードレース用の自転車を買いました。

バイトは午前十一時から夕方の六時までの週六日で採用してもらいました。時には夜も働くこともありましたが、稼ぎ時はランチタイムであったので、その時間をはずせば、多少の融通がきくアットホームな家族経営のカフェレストランでした。

教訓：なにから始めればよいか分からない時には、「まず動く」。動くことで、今まで見えなかったことが、少しずつ見えてくる。

毎日のバイト時間が決まったので、私の自転車選手になるためのスケジュールが決まりました。競輪用の自転車を買うための初期資金の二十五万円を貯めるために、約二ヵ月かかりましたが、これでやっと出発地点に立つことができました。

6：00起床
往復20キロメートルのアップ（流山の練習場所へ自転車で行く）。下りから上りになる長い坂道でダッシュを繰り返す。
11：00バイト
カフェでランチとその後の片付けとディナーの準備
19：00ジムワーク
ジムで自転車やウエイトのトレーニング

初期投資の資金が貯まったので自転車店に行き、カスタムフレームの依頼をしました。ただ自転車屋さんも私のどのような設定が最適か分からないため、「自転車を貸してあげるので、競輪場で一度走ってくれれば?」と言ってくれました。ただ走るのもなんなので、技術試験で必要とされる千メートルのタイムも計ってくれることになりました。たった二ヵ月ですが、規則正しく毎日練習していた私は、考えるまでもなく、その条件でお願いをしました。

初めての競輪用自転車で、初めてのバンク（競輪場の走行場所の名称）走行。正直なところ、最初は違和感がありました。またブレーキのない自転車への恐怖もありましたが、少し走った後は、それなりに走れるようになりました。

千メートルのタイムは確か、一分二十一秒ぐらいだったと思います。最初のトライアルとして悪くない数字のようですが、もっと良いタイムが出ると思っていただけに、少し落ち込みました。

一般的に競輪テストでの合格タイムは一分十一秒ぐらいと聞いていたので、半年で十秒も縮めないといけないかと思うと、かなり厳しい状況であると改めて痛感しました。

最初に自分の自転車を手にした時の嬉しさは、今でも覚えています。たぶんこの自転車が、自分の中で一番高い買い物であり、この自転車とともに選手になるために練習をしていくということで、さらに感慨が深かったのでしょう。

最初の日は、枕元に自転車のフレームを置いて一緒に寝ました（笑）。その後、自分の自転車で競輪用のヘルメット（白いヘルメット）をかぶって毎日練習をしました。

高校時代の友達から連絡があることもありましたが、遊びに行くこともなく、毎日同じローテーションをひたすら繰り返しました。

周りの友達は大学生となり遊びまくっている時期だったので、自分が少し惨めになることもありました。でも、「自転車選手になる」ということは自分が決めたことであり、誰かに押し付けられたものでもありません。ある意味、人生で最初に決めた目標であり、夢だったと思います。

教訓：明確な目標を持つことで、人は強くなる。言い訳を覚えることで、人はダメになる。

その後、自分を信じ、バイトをしながらも自転車の練習に集中しました。そして一緒に練習をしている練習生のタイムも確実に縮んできて、合格タイムを出せる練習生も出てきました。

私もバイト以外の時間とエネルギーは、すべて自転車に向けました。三ヵ月、半年、と経つ頃には、ほかの練習生と一緒に練習する機会も増えてきました。すると、なんとその中に、中学で同じ部活動だった友達がたまたま交じっていました。特に仲良しというわけではありませんでしたが、中学校の同級生、しかも同じ部活で三年間をともにした友達がいたというのは、私にとって大きな刺激になりました。

その後、彼と一緒に練習をすることが多くなり、前よりも多くのことを吸収し、少しずつですがともに成長している感覚を噛みしめていました。彼は私より半年以上前に練習を始めたとのことで、いろいろなことを知っており、とても勉強になったのを覚えています。

約一年間、私はバイトと練習の毎日を繰り返して精進をしていました。自分の力を信じ、仲間とともに競輪選手になることを目指しました。

その努力の甲斐があり、なんと選手への切符を手にしました……と言えればカッコイイのですが、実際の話はテストをパスするタイムがなかなか出ない自分に嫌気がさしてしまい、私はついに選手になることをあきらめました。

次の目標はすぐには見つからず、肉体労働系の仕事をしながら次の人生を考えていました。一方、私と一緒に練習をしていた友達はしっかりと練習を続けて次の試験で合格をしたと聞きました。それを聞いた時に、「おめでとう」という気持ちと同時に、「なぜあの時に、もう少し踏んばれなかったのだろうか」という、自分に対する怒りが湧き上がったのを今でも覚えています。

教訓：物事は、あきらめた時点で終わり。あきらめず最後までやり遂げることができ

れば、なにかを手に入れることができる。

資金稼ぎ

それまでは自転車で稼ぐことしか考えていなかったため、私は自分が何の仕事をすればよいか分かりませんでした。そこでとりあえず、独立が可能な仕事を選び、クロス貼りなどの内装関係の仕事を始めました。

確かに頑張ればある程度のお金を稼ぐことはできるだろうと実感できたので、真剣に数年頑張ってみようかとも考えてみました。しかし、一緒に働いている先輩の教え方や考え方に納得できず、現場で怒りが爆発してしまい、そのまま会社を去ることにしました。

その後、数日の間、私は自分の人生を改めて見つめ直しました。こんなバイト感覚で仕事をしていてよいのか？　自分が本当にやりたいことは何なのか？

そう簡単に答えは出てきませんでしたが、たぶん「ビジネスマン」になりたいんだろうな……というイメージがなんとなく湧いてきました。

そこで、営業系の仕事を真剣に探すことにしました。中途採用なのであまり大きな会社に応募しても無駄なことは分かっていたので、「未経験者ＯＫ」という会社を数社ピックアップして、面接のアポを取りました。

一社目は予想していたよりも規模が大きな会社で、一次試験の筆記試験に四文字熟語やことわざなどがありました。自転車ばかり乗っていて、勉強などしばらくしていなかった私には、少しハードルが高すぎた感覚でした。

そして二社目は規模は小さかったのですが、通信カラオケの会社だったので勢いを感じたのを覚えています。当時はカラオケボックスの全盛期で、二次会はカラオケが定番であったと思います。

幸運にも両方の会社の採用試験に受かり、本当の意味での社会人の第一歩を踏み出すことになりました。最終的には通信カラオケの代理店をしているＵ社に入社。車の運転、集金、機械の設置やメンテナンス、ケーブルや電話配線などいろいろと学ばせてもらいました。

前任者と入れ替わりだったので、たった二ヵ月後に都内七十軒ものお店を担当することに……。ルート営業でしたが、機械の交換や新曲の配達などで、毎月二回ぐらいは各お店を回らねばならず、計画的に業務をこなす必要がありました。でも、「任せられている」という感覚で、楽しみながら仕事をしていました。

中途採用だった私にとって、基本的に皆が先輩でした。また確か会社では最年少だったと思いますが、気が合う仲間が多く、友達感覚で一緒に仕事をしていたことを覚えています。

最初の一年は、とにかく夢中で仕事をしていました。出社はゆっくりでも大丈夫でしたが、終業は遅く、十二時過ぎになることも多々ありました。

教訓：気の合う仲間と仕事をすることは、最高の喜び。またそれが、最良の学びに繋

がる。

U社に勤めて二年目に、オーストラリアから叔父が日本にやってきました。その当時、私は海外旅行に行ったこともなければ、オーストラリアがどのようなところかもまったく知りませんでした。ただ、「英語が話せるとカッコイイな」という漠然とした感覚がありました。

よくドラマなどの主役が英語がペラペラで、外国人とカッコよく話しているシーンに皆さんも記憶があるのではないでしょうか。この仕事をしていた当時は、まさか自分が英語が上手に話せるようになるとは想像もしていませんでした。ただ、「英語が話せるとカッコイイ」というのは日本だけの話で、ヨーロッパでは二、三ヵ国語ぐらい話せて当たり前という感覚の国も多いようです。

日本も、「英語が話せるとカッコイイ」から、「英語が話せて当たり前」の国にならないと、グローバル化に乗り遅れてしまいます。英語を生活の一部にするためには、国の政策として、「映画は吹き替えなしの英語で見る」、そしてテレビももっと英語版のアニメを放送するなど、積極的に取り組むべきでしょう（これは私がいつも言っている持論です)。

だいぶ脱線したので、話を戻しますと……。

叔父に会ったことにより、英語圏の国が身近に感じられました。ただし、まさか自分がAustraliaに行くとは思ってもみませんでした。

仕事にも慣れて、少しずつですが貯金ができるようになってくると、夢をまた見たくなってきました。ただ、今の自分に何ができるのかが分からず、とりあえず行動できそうなことを探しました。

すると、「ワーキングホリデー」という制度があり、オーストラリアもその加盟国であることが分かりました。昔から、「お前は本当に後先を考えない奴だな」などと言われていた通り、今回も、「よし、とりあえずオーストラリアに行こう」と決めました。

そう決断してからの、私の行動は早いものでした。週末の無料相談会に参加したり、本や雑誌で情報を収集し、「To doリスト」を作り、準備に取り掛かりました。最低限必要な価格を見積もってみると、思った以上に費用がかかることが分かりました。航空券、ホームステイ、英語学校など、最初の三ヵ月でかかる費用の概算だけでも、百万円ぐらいはかかったと記憶しています。

当時は平均的な給料しかもらっていなかったので、二百万円を貯めるのに三年ほどかかりました。親とは別で暮らしていたので、毎月の給料から貯金するのは難しく、ボーナスの九割を貯金するような感じでした。そのため、思った以上に時間がかかってしまいました。

今となってみれば、「なんでもっと徹底的に切り詰めなかったのかな?」と思いますが当時は冬になると、週末はスノーボードに出掛けたりして真剣に遊んでいたので、まあ仕方ないかな? と、昔の自分を良いほうに解釈しています。

教訓：「根拠のない自信」や、「まず動く」の精神がとても大事。

オーストラリアへの旅立ち

目標とする金額を貯めた後に最初にぶつかった壁は、ビザの申請です。当時は私のリサーチ不足もあり、低額でビザの申請代理をしてくれるところが見つからず、自分で申請をすることにしました。

ただし、ビザの申請書は英語。しかも申請書には、学校では習わなかったような難解な単語が多くあり、本当に苦労したことを今でも覚えています。

こちらも時間がかかりましたが、申請に必要な書類を取り寄せ、一から自分で対応したことで、英語に対する恐れが少し和らいだような気がします。たぶん、今では指定の場所で健康診断をしないといけないと思いますが、当時は小さな診療所で書いてもらったものでも大丈夫だったので、行きつけの診療所のお医者さんに無理やり頼んで英語で記述してもらったと記憶しています。

当初予定していた出発日は、確か日本の冬ぐらいだったと記憶していますが、ビザ申請の書類不備で、半年ぐらい延期することになりました。

ビザ問題が解決した後は、ホームステイと学校を二ヵ月ほど申し込み、その日程に合わせて渡豪することにしました。当時はローコスト・エアラインなどもなく、直行便は驚くほど高かったので、値段を最優先してマレーシア航空で行くことにしました。

教訓：物事は、「できるか、できないか」ではなく、「やるか、やらないか」だけ。

オーストラリアに出発する準備が着々と進んで行くと、今度は、「退職手続き」や「車の見積もり」など、現実的な処理が増えてきました。業務の引き継ぎをし始めた時には、新しい世界への期待とともに、日本を離れる不安、そして英語をもっと勉強しておけばよかったという後悔などが入り交じり、独特の高揚感を感じていました。

今回の渡豪が人生で最初の海外旅行です、成田空港にさえも、一回行ったことがあるぐらいの海外旅行の超初心者だったので、たぶん他の人よりも出発前の不安と期待は大きかったのではないでしょうか。

ただしどちらかと言えば期待のほうが大きく、私もこれでやっと次の夢を探しに行けるという想いを抱いていました。当時の日本は今と違い、起業をするなどという発想はほとんどありません。「成功＝高学歴」、逆の言い方をすると、一流大学を出ていないと、大手の会社に入社することができないという状況でした。

また、私の貧困な思想では、「仕事で世界を飛び回る人」がエリートと呼ばれる人達で、自分のように日本で大学を卒業していない人には、その世界に入るチャンスがないように感じていました。いわゆる、自分がイメージしている成功者へ近づくためのパスが見つからず、「このままで人生を終わっていいのか?」、「一度はプロの自転車選手を目指した人間が、このまま平凡な人生を送るのか?」という自問自答をしていた時期でもありました。

日本の生活を捨てて、オーストラリアに行くことに決めた最大の理由は、このまま日本にいると、学歴がハンディキャップとなると感じたことです。具体的にオーストラリアに行って何ができるかなどまでは、考えたことは正直なかったのです。でも、とにかくまずは、英語を習得することを目標としての渡豪。そこから学歴のハンディキャップを取り返し、他の人を見返してやる……という多少の野心を持っていたことは事実でした。

こんな自分が、まさかオーストラリアの大学でコンピューターを専攻し、ＩＴのスペシャリストとして活躍するようになるとは考えたこともありません。実際、その当時は、パソコンに触ったこともほとんどありませんでしたし、ブラインド・タッチもできないようなありさまでした。

話を戻すと、仕事を出発の一週間前に終えた私は、やることがなくて困っていました。もちろん多少英語の勉強はしましたが、テスト勉強などではないので、ただＣＮＮのニュースなどをテープで聞き、なんとなく意味がつかめていると、勝手に都合のいい勘違いをしていました。後は、冷蔵庫に食材が残ると面倒なので、レトルトのカレーや納豆などを食べていた記憶があります。

出発当日は、親友が成田空港まで車で送ってくれ、出発前に軽く食事をし、餞別だと言って私の分をおごってくれたのを今でも覚えています。食事中に笑って話をしていても、頭では、「マレーシアでの乗り換え、大丈夫かな？　高くても直行便にすればよかったかな？」などと考えていました。


その後、初めての海外旅行者が安易に安いからといって、乗り換えがあり十六時間もかかるようなフライトを選択するのは間違っていたことを、痛感させられることになりました。

まず、どこで荷物を受け取れば良いかが分からなくなり、また乗り換えの飛行機の出発ゲートにも迷ってしまいました。動き回って喉が渇いたけれど、現地のお金を持っていなかったので何も買えず、ふてくされてゲート前で二、三時間ボーッとしていました。

教訓：なにごとも準備が一番大切。準備やリサーチを疎かにすると、当然の結果が返ってくる。

第三章　オーストラリアとの別れ

現地採用の日本人

シドニーで大学を卒業後は、日本へ戻るか、オーストラリアの永住権を申請してlocal people（現地人）として生活するかの決断が必要でした。ＩＴの仕事自体はそれなりにあったのですが、どれもこれも「must have 3 years experience（三年以上の勤務経験）」のような募集が多く、新卒には正直厳しい状況でした。

しかし、ＩＴの知識を持った日本語スピーカーは、日系企業や日本相手のビジネスをしている会社では少しは需要があり、最終的に大手日系企業Ｎ社のＩＴ部門にお世話になることになりました。

主な仕事はサーバーやネットワークの管理、クライアント端末の管理、データベースの管理・開発などです。そのため subsidiary company（子会社）とのやり取りも多く、一般的に言われているオージーEnglishを話す人達と電話でやり取りをしたり、肉の卸し市場にあるオフィスに出張してそこのネットワーク設定やパソコンに必要なソフトをインストールしたりするなどの作業もしばしばありました。

その一方で、Telestra（大手通信会社）などとネットワークの使用量やスピードの調整など、オフィシャルな交渉にも参加したので、さまざまな発音やアクセントの英語に対応する能力を身につけられたと思います。

オフィスの八割、九割はオーストラリア人で、その中に私のような現地採用の日本人が数名と、日本から派遣されてきた役職付きの方が数名いるというような体制でした。

教訓：習うより慣れろ。ネイティブでない英語は聞き取りにくいかもしれないが、仕事では相手を選べない、常に自分が適応する必要がある。

私が勤務していたシドニー・オフィスは、オーストラリアの head office（本社）であったため、新しいシステム導入やサーバーのアップグレードなど、多くの決断に迫られました。それと同時に、いろいろな問題に対処しなければならないこともありましたが、オーストラリアでは基本、「easy going（楽観的）」の人が多いので、多少の不便や問題はジョークを言いながら流してくれたのを覚えています。

そこは、オーストラリアで初めて正社員として働き始めた私にとっては救いでしたが、これらのジョークにうまく受け答えするのに苦労しました。

数年が経ち、システムやプロセスが安定稼動し始め、次に待ち受ける大きなプロジェクトもない状態になった時。私はここで、「自分がほかに貢献できることはないか？もっと学べることはないか？」と考え始めました。

現地採用という立場で入社しましたが、日本からの出向役員の方には本当に良くしていただいたし、ローカルのスタッフともうまくいっていたので、会社を辞めるという考えを、初めは少しも持っていませんでした。

しかし次第に、不満はないが、物足りなさが膨れてきて、気がついたら外資のベンダーに転職することになっていました。転職先は一年ぐらい前に新しく開設されたばかりの部署で、いろいろな面で手作り感や、自転車操業感がありました。そして夜勤などもあり、労働条件やお客様からのプレッシャーは強かったのですが、その分、学べることも多く、短い期間にいろいろなネットワークやメインフレームの知識を勉強させてもらいました。

ただ、この仕事はcontractor（期限付き契約社員）として雇われていたので、さらなるステップとして正社員で働ける会社を探し始めたところ、Ken というリクルート・エージェント社員から連絡があり、IBM Australia に面接に行くことになりました。

Kenとはメールでやり取りをしていたのですが、オフィスで適性検査と簡単なインタビューのために彼のオフィスへ行きました。

最初に驚いたことは、彼が日本人であったことです！　メールでは英語でやり取りをしていたので、まったく彼が日本人とは気がつきませんでした。少し考えれば、彼の名前は日本語でも発音できることに気がつきますが、その時は転職のことにフォーカスしていたので、そこまで気が回りませんでした。

IBMとの面接は、思った以上にハードなものでした。三時間ぶっ続けで六人が入れ替わりでIT技術、問題解決能力、お客様対応能力など、分野別に質疑応答をするという形式でした。面接官もマネージャーやエンジニアなど、さまざまでした。

面接終了後には、自分がどの面接官に何を言ったのか、あまり覚えてないぐらいに疲労していたことを覚えています。

面接後は友人のマイクのところに遊びに行きました。彼とは大学時代からの親友で、今でも心底からなんでも話せる数少ない友人です。

マイクと世間話や面接の話を駐車場でしていたところ、IBMから、「採用が決まった」との連絡がありました。「すぐに採用条件を決めたいので、今週中にもう一度来れないか」と言われました。

実はその時、すでに他からもオファーをもらっていたのですが、面接から五時間ほどで採用を決めてしまう決断力と、行動力に引かれて、IBMからのオファーを受け、キャリア採用で入社しました。

教訓：自分の環境を変えるには、勢いと勇気が必要。判断に迷う場合は、「この変化から新たに学べることがあるか？」という質問を、自分自身に問いかける。

ワーク・ライフ・バランス

オーストラリアには、映画『クロコダイル・ダンディー』やアボリジニ（先住民）のイメージを持っている方が多くいます。また「広い家で田舎暮らし」的なイメージを持っている方も多いのではないでしょうか。

でもシドニーの生活は、皆さんの期待を裏切ると思います。シドニーはオリンピック前後から経済が拡大し、海外からの移住者も増えています。特に経済的に余裕のある中国人の移民が増えたため、properties（不動産物件）が不足し、一時期の日本のような不動産バブルの状態が続いています。

ただし、日本のバブルと違い、崩壊はたぶんしないでしょう（詳しい理由はそのうちお話しします）。

このような経済的な背景から、平均的な給料での生活はそれほど楽ではありませんでした。ただし学生時代に嫌と言うほどの貧乏暮らしをしてきた私にとっては、やっと人間になれたような気持ちでしたので、生活に不満は全然ありませんでした。でも日本の生活に慣れてしまっていれば、給料に比べて税金、家賃、外食費が異常に高いと感じるでしょう。ただ日本に比べれば残業などはあまりないので、家族と一緒に晩飯を食べられる生活ができると思います。

もちろん職種によっては残業や夜勤もあるので、一概には言えませんが、オーストラリア人は残業を嫌い、できるだけ時間内に仕事を片付けるように、時間配分を考えて仕事をする癖がついているようです。

オーストラリア人は、「easy going（楽観的）」なので、怠け者のイメージがありますが、私はそうは思いません。彼・彼女達は、仕事と生活のバランスをとても大切にします。そのため、家族との約束事がある場合には、上司にきちんとその旨を伝え早退や休暇を堂々ととります。また上司も、家族のことが仕事よりも大切だと、部下の家族愛を尊重します。

これらのやり取りを目の当たりにすると、外国がファミリーをとても大切にするというのは本当なんだと感心させられます。私は彼らの考え方に同感しており、今では、「家族を大切にできない人間は、仕事でチームや会社を大切にできるとは思えない」という考え方になっています。

教訓：アナタは仕事を時間内に終わらせる努力を、日々していますか？　まだであれば、グローバル基準で物事を考えることが今後は必要。

私も二〇〇五年に長男が生まれてからは、さらに家族というものを強く意識するようになりました。海外での出産には不安が付きまとうので、出産の少し前に日本へ帰国される方も多いです。

しかし、妻と私は日本には帰らずに、シドニーで出産をすると初めから決めていました。大きな理由は、「子どもが二重国籍を取得できる」ということです。確か、「二十二歳までには、どちらの国籍にするかを決めないといけない」と理解していますが、逆に言えば、二十年もの時間を掛けて、「どちらの国が住みやすいか?」、「どちらの国が自分と相性がいいのか?」、また、「将来どの国の代表として、海外で活躍したいのか?」などを考えるチャンスをもらえる……ということなのではないのかと勝手に思っています。

ただし、海外で出産（特に地元の病院で）は、それほど簡単ではないという意見も多いのは事実です。私は楽天家なので、「まあ、オーストラリアの人達も同じように出産しているので、心配はないんじゃない？」と初めは思っていました。でも出産前には、いろいろと苦労をしました。

例えば、

1．検診では医療用語も使って説明してくるので、分からない時も多々ある

2．助産師が男性の場合には、どのように接すればよいか分からない

3．定期健診や超音波などが数ヵ月に一度なので、本当に大丈夫かと感じる

などがありました。

確かに今振り返ると、いろいろな苦労があったように感じますが、すべては良い経験だったと思えています。出産という大きなイベントを海外で経験し、出産に一緒に立ち会ったことは、本当に大きな財産だと感じています。

長男の出産の時には、朝九時に会社へ出勤した途端、家内から、「なんか、やばそう！」との電話があり、急いで家に戻りました。また驚いたことに、突然の帰宅宣言に対して、会社は、「仕事のことは考えなくていいから、すぐに早く帰りなさい。家

族のことが一番大事」と言ってくれました。

すぐに帰宅できたおかげで、家内の陣痛がひどくなる前に家に帰ることができ、無事に病院に連れて行くことができました。


オーストラリアは、「家族のことが何よりも大事」という文化を持っています。そのため子どもや妻のために早退をしたり、休みを取ることに対してはとても寛容で、どんなに忙しい場合でも容認してくれます。

また、私の部署の一番上のマネージャーは、「仕事でミスをしても、命がなくなるわけではないのだから、そんなに心配しなくていい。大事なことは、現状でベストな対応を選択できるかどうかだ」と、よく言っていました。

私はこのような雰囲気の職場や考えが本当に好きで、自分の肌に合うと感じていました。特に、海外で生活をしていると、「家族に癒されている」と感じることが多々あります。子どもの笑顔に、どれだけ勇気づけられたことでしょうか。

私自身、未熟者なので偉そうなことは言えませんが、家族のために良い家、良い環境を提供したいという意欲があったことは隠せない事実です。だからこそ今の自分があり、オーストラリアでのある程度の生活が維持できたのだと思います。

日本に帰ってきてからも、オーストラリア時代の友達に会いますが、みんな良い意味でギラギラしており、常に上を目指して仕事をしています。

シドニーの職場では、転職のために退職する人が頻繁にいます。毎月誰かが辞めていくという時期もありました。これに関して周りの反応は意外で、「転職後に、良い待遇のポジションがあれば声を掛けてね！」ぐらいの感覚でした。もちろん、チームやマネージャーにとっては、穴埋めをしないといけないので大変ですが。

それでもその人が決めたことであり、彼、彼女のキャリア・アップになるのであれば、自分達がとやかく言う筋合いはないという感じに思えました。

教訓：自分にとって一番大切なものが何かは、自ら決めるべきであり、人の意見に左右されてはいけない。自分が決めた行動でないと、言い訳も生まれる。

私自身もシドニーで2回の転職を経験し、日系、外資系の大手三社で働いたことで、ワーク・ライフ・バランスの重要性を実感しました。

例えば、オーストラリア人のAさんは、よほどのことがなければ転職を考えることはないと言い切っていました。理由を聞くと、毎朝出社前に子どもを学校に送っていくからだそうです。今の仕事は自動車通勤ができ、十時出社でも問題がないし、平日に代休を取ることもできるので、ワーク・ライフ・バランスを考えると、「現時点では最高の職場だから」ということでした。

また、韓国から移住してきたBさんは、「いろいろな仕事を経験したが、なかなかフルタイムで自分の経験を活かせる職場がなかったので、今の会社には満足している」と言っていました。

このように、仕事や職場はその人個人の過去の経験と、現在の生活状況により、それが最適なものかどうかが変わってきます。このように職場に満足している人がいる一方で、自分には適していない、もっと自分を活かせる場所があるという考えの人もいるでしょう。

どのような状況でも必ず考えてほしい質問は、「自分はこの職場でやれることは全部やったのか?」ということです。この質問に対する答えが「Yes」であるにも拘らず、仕事が改善しないのであれば、本当に周りが悪影響を与えている可能性も考えられます。

人は周りの人間が負のエネルギーを出していると、その影響を受けてしまうものです。そのような場合には、職場を変えることを検討するのもよいと思います。

我々の起きている時間の半分以上を費やす仕事は、人の生き方に大きな影響を与えます。そして、仕事から得られる経験や喜びが日々の生活に与える影響も、計り知れません。仕事とは、それほど重要なもの。その「仕事」と「プライベート」の時間のバランスを保つことが、「幸せのバロメーター」だと言っても過言ではないと思います。

最近はインターネットやVPN(バーチャル・プライベート・ネットワーク)のセキュリティー・ソフトの発達によりWFH(Work from Home)やE-Workなどが身近となり家からでも仕事ができます。逆を言えば、ホリデー先でも仕事がメールなどでできてしまうということです。
今までは、「仕事は職場で、職場を出ればプライベート」という切り分けができましたが、今後はそうはいきません。もちろん、小さい子どものいる親達は、「子どものお迎えのために、早めに家に帰り用事を済ませてから仕事に戻る」というライフスタイルで、仕事を続けることができるというメリットもあります。

私は以前から、仕事は家の外で片付けて、家に帰ったら子ども達とできるだけ触れ合うことをポリシーとして掲げてきました。でも、今は時代の変化に対応する必要が出てきました。
新しい働き方が、家族や社会にとって本当に良いのかどうか分かりませんが、メリットとデメリットをよく理解して、自分に合うスタイルを見つけていきたいですね。

教訓：人生にとって、仕事ほど大切なものはない。地位や収入だけで仕事を決めるのではなく、自分のライフスタイルに合う仕事を探そう。

世の中にはリモートで仕事ができることを上手に活用して、グローバルな仕事をしている人達もたくさんいます。

例えば、グローバルな会社のソフトウエア開発の拠点として、インドや中国が選ばれることが増えてきています。これにはさまざまな理由が考えられますが、コスト削減や人材確保をしやすいということが主な理由です。もちろん中国やインドでなく、ベトナムやタイを選ぶ企業も増えてきています。

このようなグローバル化の時代では、日本で仕事はしているけれども、実際にはアジアのほかの国のプロジェクトを請け負っていることや、「日本のプロジェクトだが、開発は別の国でやっている」といったことが当たり前となってきています。

今までであれば、出張で実際にその国に行って仕事をしないといけませんでしたが、今はリモートでテレカン（電話会議）をしてしまえば済んでしまうこともたくさんあります。そのため、グローバルな仕事がしたいが、日本を長く離れられない、もしくは離れたくないという人でも、世界を舞台に活躍することが可能になりました。

日本は、これからもっともっと海外の仕事を請け負うべきだと考えている私としては嬉しいことですが、同時にマイナス要因として、海外出張が極端に減ってしまったということがあります。つまり、若い人達が海外へ実際行き、仕事をするチャンスが激減しているということです。

海外に出張に行く機会が減ってしまったことが若い人達のモチベーションを下げているという問題はありますが、それを話すと長くなってしまうので、今回はワークスタイルだけに絞っておきましょう。

子どもが幼稚園児、小学生といった小さい時に、親と一緒の時間を共有するということはとても大事なことです。たぶん成長する過程で親と一緒に遊んだ、食事をした、旅行に行ったなどの思い出は、私達が考えている以上に大切な時間だと思います。

私にも小学生の子どもがいますが、気がつくともう小学六年生、もうすぐ中学生です。子どもと一緒に楽しく過ごせる時間は、ほんの十年ほどです。たぶん中学生になれば、親とそれほど出掛けることもなくなってくるのではないかと思います。

いくら仕事が大切とはいえ、子どもとの思い出はしっかり残しておきたい。だからと言って、グローバルで活躍する夢もあきらめられないという人もいるでしょう。

また親は子どもに、自分の夢や仕事を語ってあげるべきだと思います。そうすることで子ども達の世界も広がり、日本だけでなく、海外で働くというオプションもあるんだという考えや意識が植え付けられるのだと思います。

英語の教育も盛んになり、日本人も英語で対等に仕事ができるバックグラウンドが整備されつつあります。これからはライバルは日本人だけでなく、世界の人材を相手です。その環境で戦える子ども達一人でも多くを育てていきたいと考えています。


私自身はまだまだ、子どもに誇れるほどの成果や経歴を残していないのですが、子どもの世界観や視野を広げてあげることはできると思います。夢をあきらめない一人の大人として、もっと夢を持つ子どもが増えるような活動をしていきたいと思います。

結局、子どもは親の背中を見て育ちます。親が仕事に情熱を持ち、胸を張り、仕事の大切さを生き様として教えてあげることが、子育てで一番大切な仕事だと思います。

逆に夢を持っている子どもの可能性を否定して、助け舟を出さないと活躍できるはずであった才能の芽を潰してしまうことになります。仕事に優劣はなく、人の才能にもそれほど大きな違いはないと思います。あるのは、子どものやる気をなくしてしまう親、もしくは社会ではないでしょうか。

最近では、「褒めて伸ばす」という教育が素晴らしいと言われています。それは本当だと思います、ただし、行き過ぎ（叱らずに褒めるだけ）に注意しましょう。大人の苦労を分からない、単なるわがままな人間に育つでしょう。

時には叱ることも必要です。ただし叱る時は、ダメなことをやった直後にできるだけ子どもの目線で、「なんで良くないのか」をきちんと説明してあげることが肝心です。子どもは怒られていることは分かるのですが、理由を理解できないことがあるようです。

外で子どもを叱っている親を客観的に観察すると、子どもは叱られて戸惑っている様子が見て取れます。「なにか悪いことをしたのだろうが、なんでそんなに悪いのか分からない」という感じです。

子ども向けテレビ番組のしまじろうシリーズで、「自分が同じことをやられたらどう思う?」と聞くシーンをよく見ます。叱る時には、まさにそのように考えさせながら叱らないと意味がないということです。

ワーク・ライフ・バランスに関してだらだらと書いてきましたが、今の時代、グローバルで仕事ができる力(英語力、技術力、管理力、牽引力など)があれば、自分に最適な会社、最適な国、最適な仕事が選べる時代になりました。

私もシドニーで十年近く暮らし、今は日本で生活をし、今後どの国で暮らし、仕事をしたいかを考えています。英語、中国語、スペイン語など、世界で主要な言葉を話せて仕事に活かせる技術があれば、これからの時代は国にこだわる必要はないでしょう。

もちろん、日本で生まれ育った日本人なら、海外で生活して得た知識を、日本に戻って皆に還元し、国際化の手伝いをすることが大切だと思います。そのように海外で生活をし、知識や見識を深めた日本人が、しばらくして戻ってきて、日本に還元するということを繰り返すことができれば、日本はもっと国際的で豊かになると思います。

ただその前に、「欧米の映画を日本語に吹き替えする」という無駄な作業をやめ、その国の言語で観る（分からなければ、サブタイトルで補足する）ようにならないといけないと思いますが。

教訓：新のグローバル化は、海外で生活をし見聞を広めた人達が、「日本に戻ってきたい」と思うような国を作ること。日本はグローバル化という観点では、かなり遅れている。

十年間の想いと日本への帰国

日本では大学にも行かず、自転車選手にもなれず、なんとなく選んだ仕事をしていた自分が嫌になり、日本を飛び出した私。

そしてオーストラリアに行ったままではいいが、その日暮らしの生活をしていた自分がまた嫌になり、Business College（専門学校）に行くことを決意。大学でＩＴを学び、最終的には、オーストラリアで就職するという選択をしました。

その後、シドニーで結婚し、二児の父親となる過程でいろいろなことを学び、経験しました。海外で生活することの厳しさや面白さを身をもって体験し、新たな自分を発見したことで、ある意味、新しい人生を歩み始めたように感じています。

学生時代は、「住めればどこでもいい」と考えていたので、西の町（Granville）で細々と暮らしていました。でも二〇〇二年に、中・上流層が住むといわれているNorth Shore（シドニーの北に位置する場所）でユニット（日本で言うマンション）に移り、二〇〇三年にテラスハウス風のユニット（地下が駐車場となっている三階建て。各家が縦割りで一階がキッチンとリビング、二階に二部屋とお風呂場、三階はマスタールーム）で人並みの生活を始めることができました。

日本で悶々としていた自分が、海外に十年近くも住むようになるとはまったく想像もしていませんでした。でも多国籍文化のシドニーでは、自分が外国人と感じることも少なく、居心地が良かったので長居をしてしまったようです。

オーストラリア、特にシドニーでは、オリンピックの少し前から不動産価格がどんどん上がり、今では信じられない額になっています。二〇〇三年に購入した物件は、二〇一三年に手放してしまいましたが、今ではさらに一千万円ぐらい価格が上がっているようです。

収入に比べて物価も高いのですが、気候が良く環境に恵まれているので、スローライフを楽しみたい人にとってみれば最高の場所ではないかと思います。実際、私も家を買った時点では、オーストラリアに骨を埋めるつもりでした。その当時の住宅ローンは八％に近い、とんでもなく高いものでしたが、それでもシドニーでの生活は刺激的で快適でした。

またシドニーでの生活で、多くの友人ができました、特に同じ職場にいる日本人はみんな気さくで気の合う人が多く、週末はバーベキュー・パーティーや、公園で子どもがいる家族が集まってのピクニックなど、自然と一緒に子どもが育っていくのを感じていました。

それほど大好きであったオーストラリアでしたが、「日本に戻ろうか？」という話が家族から出てきたのです。

教訓：本当の幸せは、綺麗な家や素敵なインテリアではなく、心を許し合える家族や友達と、笑いながら過ごせる時間をどれだけ持っているか。

四歳の息子は地元の保育園に通っていたので、少しは英語が理解できました。でも二歳の娘は保育園に行かず家で育てたので、ほとんど英語が理解できませんでした。

私達がもっと気を遣って、家でも英語を話すようにすればよかったのですが、日本人の妻と私が家で英語で会話をするということは不自然に思われて、自宅では日本語を使っていました。

もちろん、友達が遊びに来れば自然と英語での会話となるのですが、その場合、子ども達はちんぷんかんぷんで、「なんて言っているの？」などと、私達に常に質問をしてきました。幸いにも子ども同士は言葉が多少通じなくても、慣れれば追いかけっこなど、体を使って遊び始めるので、それほど問題はないようには感じていましたが。

本当は息子がPrimary school（小学校）、娘がPre-school（小学校前の準備クラス）に行くまではシドニーで暮らしていたかったのですが、いろいろな事情があり、日本に戻ることにしました。

マネージャーに、「来年ぐらいに日本への戻るつもりだ」と話すと、「日本のオフィスでポジションを確保し、異動ができるように調整するので、ほかの仕事を探さないでくれ」と言われました。そのため日本への異動のタイミングは、会社に任せることにしました。

急ぎではないことを伝えていたので、しばらくは具体的な話はないなと考えていましたが、思っていたよりも早く具体的な話が進み始めました。幸いにも、現地のマネージャーとの関係は良好だったので、なんでも話し合って決めることができました。ただ日本の入社は月に一度と決まっており、さらに年内で話を進めたいと、日本側から提案があったので、予想していたより速いスピードで物事が決まっていきました。

さらに予想外であったのは、面接は電話会議やビデオ会議で済むと考えていたのですが、「日本に面接に来てほしい」という要望がありました。マネージャーは言いづらそうに話していましたが、私はある意味、当然だと考えました。キャリア採用の人材を、直接の面接なしで雇うことは、会社としては非常にリスクが高いのではないでしょうか。自分が日本側の人間であれば、数日間とはいえ、人柄や身なりを見てから決めたいと思うのは当然でしょう。

またそれで採用されないのであれば、逆にすっきりします。私は面接だからといって、無理に自分を作ったりすることはしません。面接時の自分と合わない会社は、入社してもうまく行かないことは目に見えていますし、私自身も面接を通じて、その会社で働いている人のレベルを判断させてもらいます。

教訓：百聞は一見にしかず。常に自分の目で見て、物事を判断するクセをつけるべき。

シドニーを木曜の朝に出発し、その日の夜に成田空港に到着。そして、東京の実家に移動というスケジュールでした。

日本のオフィスには金曜に一日だけ出社し、その日に面接と今後働く可能性のある部署の見学をしました。豊洲のオフィスは初めてでしたが、日本のイベントなどですでに会ったり、電話で話したりしたことがある人達もいたので、懐かしく感じたことを覚えています。

その後、異動の話は順調に進みましたが、「もう一つ問題が発生した」と、マネージャーから話がありました。

その問題とは、「最初は二年間のアサイニー（期限付き異動）としての話であったが、日本支社に転籍することを条件として提示された」とのことでした。最初は、「なにが問題なの？」と思いましたが、オーストラリア側としては、二年後に私を戻してくれる用意をしてくれていたようです。

私がしっかりと説明しておけばよかったのですが、今回の日本に戻る事情は二年で片付くものではなく、四、五年はかかるものだと話しました。そのため日本への転籍に、問題はないことを告げました。

もしシドニーに戻ってくるようであれば、改めて連絡することを付け加えました。そして私を戻すことまで考えていてくれたことに、「ありがとう」と伝えました。

私の異動（転籍）が正式に決まり、私が日本に戻る計画がある、つまり、「会社を辞め、シドニーからいなくなる」という噂が社内に広がりだしました。オーストラリア、シドニーと私との相性はばっちりで、毎日を楽しく過ごしていました。そのことを皆も感じていたらしく、私が日本に戻るということが信じられなかったようです。

もちろん、私自身もシドニーでずっと暮らすつもりだったので、日本人が少なく子どもが育てやすい町に家を買いました。駅から徒歩三分で、保育園も通りを渡ってすぐ、シドニーの中心地にも電車で二十分ほどのところでした。

なによりも気に入っていたのが、近くに水遊びができる素敵な公園があり、海にも車で十五分ぐらいで行けることでした。捨て値で買ったウインドサーフィンのセットを持っていたので、週末は海でビーチライフを楽しみました。

そんな自然に恵まれた環境で、もっと子どもと一緒に暮らしたかったのですが、日本に行く日が突然決まりました。早くても年明けと思っていたのに、年内、十一月一日付けで異動と決まりました。

通達を受けてから二ヵ月もない状況となってしまいました。入社前に日本でも銀行口座を作ったり、住民票の手続きをしたりなど、いろいろしないといけないことを考慮にいれると、実質は約一ヵ月ほどしかありませんでした。

しかも、家を賃貸に出すためには、今ある家具や荷物をすべて移動しないといけませんでした。オーストラリアも日本と同じで、家具なしのほうが借り手が多いと地元のReal estate（不動産業者）に言われ、そのようにしました。

当時、私達が貸していた家のRent（家賃）は週に三八〇オーストラリアドル、月で計算すると約一六〇〇オーストラリアドル（約十五万円）でした。今はさらに高くなっていると聞いているので、いかにシドニーの不動産価格が上がっているかが分かってもらえると思います。

また出発前の三週間は、半端ではない忙しさでした。実際に仕事を休んだのは出発前の一週間だけで、その間も不動産や銀行などの契約や、住所変更をしつつ、家具や衣類の処分、部屋の掃除、物置の整理などをしました。

出発の前日の午後に、なんとかすべての整理がついた状態でした。最後の日は空港近くのホテルに泊まりましたが、着いて少ししたら、すぐに寝てしまいました。ホテルに泊まるということで、テンションが高かった子ども達の嬉しそうな顔を今でも覚えています。

教訓：決断はスピードの勝負。人生は決断の毎日なので、決断に直面した時に、常に決められる準備をしておくことが大切。

第四章　英語との絆

再出発

日本に戻った最初の一ヵ月は、東京の実家で世話になりました。いろいろと準備が必要でしたが、まず最初に必要なものは、携帯電話でした。ちょうど池袋に山田電気が出店する広告が入っていたので、ビックカメラとの値引き競争を期待して、数駅先の池袋に携帯電話を買いに行くことにしました。

日本に戻って来た次の日だったので、池袋駅の駅前通りで人が多すぎて、「人酔い」してしまいました。そのため値段を比べるのも苦痛になってしまい、最初に入ったSoftbankでキャンペーンをしていたiPhone 3sを契約しました。オーストラリアでもスマートフォンは使っていなかったので、私の最初のスマホ体験です。反応が良く使いやすかったので、今でもiPhoneから浮気をせずに使い続けています。

池袋のSoftbankショップで気がついたことは、中国人のお客様が非常に多いことです。またお店も中国語を話せるスタッフを数名置いており、買い取りの契約に追われている様子でした。以前はそこまで中国の人が多いという印象がなかったので、中国のパワーをそこで体感しました。


次に考えなければいけなかったことは、家族が快適に生活できる場所、地域の選択でした。職場が豊洲なのでその近辺も考えたのですが、駅の混雑や幼稚園、保育園不足を考えると、少し離れてでも子育てに良いところを選びたいと考え、都内に一本で行ける千葉を探すことにしました。

実はこれにはもう一つ理由があり、家賃を三LDKで十二万円以下にしないといけませんでした。当時のオーストラリアは定期預金で五パーセント以上、さらに特別なものでは六パーセント以上もの金利がつきました。また為替レートもあまり良くなかったので、豪ドルを日本円に交換したくないという理由でした。敷金と礼金で三ヵ月分払わないといけないことを考えると、そのくらいの予算で収まる場所を探す必要がありました。

最初は東西線で都内に行ける南行徳、妙典、西船橋などを見ていました。駅の近くは便利なお店があり、賃貸料もそれほど高くありませんでした。ただし、どこも道が狭く、ベビーカーを押しての生活は苦労するように思えました。また、友達が車で遊びに来た時に、道端に止めるスペースもなさそうだったので、ほかの場所も検討しようと考えました。

そんな時に、賃貸物件担当者が以前に海浜幕張、検見川浜、稲毛海岸近郊を担当していたと教えてくれました。私は千葉県の松戸に住んではいましたが、千葉市にはほとんど行ったことがなく、その辺りがどのようなところなのかはまったく分かりませんでした。ただ、海浜幕張には幕張メッセのイベントで行ったこともありましたし、稲毛海岸が、埋め立てで作られた人工海岸であることは知っていました。

物件の担当者によると、その辺りは家族で住む人が多く、子育てに優しいエリアだとのことでした。実際に海岸線や駅前を見せてもらい「なるほど！」と頷いてしまうほど計画的に区画されており、道幅が広く、ゆったりと暮らせるところだと感じたのを覚えています。

そこで、この近辺で手ごろな価格のマンションを探す運びになり、最終的には稲毛海岸の海浜公園近くのマンションと、検見川浜の駅近くのマンションのどちらかに絞りました。歩いて数分で海辺に行けるのはとても魅力的だったのですが、清掃前のカビだらけの部屋を見て、海の近くは通気や換気がしっかりしているマンションでないと無理だという結論となり、検見川浜駅近くのマンションにひとまず落ち着きました。

また驚くことに、この駅の周辺にはパチンコ店が一軒もありません。フランチャイズの居酒屋や、スナックなども全然ありません。お酒が好きな人には少し寂しいところですが、私のようにお酒を飲まない家族持ちにとってはとても快適で、住み心地が良いエリアです。

私は小さい頃から裕福な生活をしたことがないので、自分の持ち物に無理にお金をかける習慣がなく、現金は不動産投資や自己投資にすぐに使ってしまいます。投資をすると貯蓄していた現金がなくなるので、また頑張って働くという、「正の循環」が働くようになると考えています。

日本に戻ってきてから、少なく見積もっても五百万円ぐらいの自己投資はしていると思います（半分以上、身になっていませんが）。そのほかの投資なども含めると、たぶん倍額以上となるでしょう。

当然、無駄にお金を使ってしまったと後悔したものもいくつもありました。でも、将来のためにお金を使ったことで、今の仕事のありがたみやお金を儲けている人の考え方やその仕組みが、ある程度分かるようになりました。

さらに、東日本大震災という歴史的な大惨事を体験したことにより、自分、家族、そして社会に対してより真剣に向き合っていく覚悟ができました。

教訓：値段が高いものが、見栄えが良いのは当たり前。賢い人は、安価で買ったものに、高価な価値を付加することができる。

英語で社会貢献

日本に戻ってきてから、約一年と数ヵ月が経った二〇一一年の三月十一日、突然の大地震が発生しました。そう、忘れもしない、東日本大震災です。

その日は幕張オフィスで働いていましたが、昼食の後に突然、ビルが横に揺れ始めたのです。最初はいつもの震度三ぐらいの地震だろうと、高をくくっていました。でもなかなか揺れが収まらず、机の下にあったテスト用のサーバーマシンが倒れ、机とぶつかり始めたのです。

その時にやっと、「これはやばいかもしれない……」と思い、仕事用のラップトップとカバンなどを一ヵ所に集め、地震が止まった瞬間に階段で外に逃げようと考えました。

かなり長い時間揺れていたように感じましたが、実際は数分ぐらいだったのだと思います。少しすると次第に揺れが収まり、皆が急に騒ぎ始めました。私も今がビルから脱出するチャンスだと思い、ほかの人達と話し合い、一緒にビルの八階から階段で一階に下りました。ほかの階から続々と人が階段に合流してきたので、下に行くまでにずいぶんと時間がかかったように感じました。

社員が地上の駐車場に集合している間に、多くの人が携帯で家族と連絡を取ろうとしていました。しかしほとんどの携帯は繋がらず、一部の携帯やPHSだけが途切れ途切れですが、通話が可能な状態でした。

皆が地上で今後どうするかの話をしていると、突然また大きな揺れがやってきました。自分達が降りてきたビルを見ると、隣同士のビルの揺れ方が一緒でなかったため、ビルの最上階同士が少しぶつかっているようでした。もしも最上階にまだ人がいたのであれば、大惨事になっていたかもしれません。また下で見ていた私達は、空から何かが降ってくるのではないかと、気が気ではありませんでした。

大震災が発生した金曜日は電車が止まってしまったので、近くのお店には、自転車を買って自宅に戻ろうとした人達が殺到したようです。うちの会社でも、自転車で帰路につく人、会社に泊まる人、駅前のインターネットカフェや居酒屋で電車の復帰を待つ人とさまざまでしたが、皆の心配事の中心は、離れている家族のことでした。

私は幸運にも、会社から一駅のところに住んでいたので、歩いて帰宅することができました。でも帰り道の公園や道路では、地面に亀裂が入っていたり、マンホールが五十センチぐらい浮き上がっていたりと、散々な状況でした。

海浜幕張一帯が埋立地であることが、大きな要因だとは思いますが、それにしてもひどい状況でした。何度も歩いたことがある道が、いつもと違う様子に変わってしまったことで、地震、天災の怖さを改めて実感した出来事でした。

その後、自宅に戻り、家族が無事であることを確認できた時には、「神様ありがとう！」と感謝しました。被災地の人々の状況を考えると、とても不謹慎なことだということは分かっていますが、地震の規模を考えると、幼稚園の子どもが無事であったことは、親として本当に安心しました。

週末は必要なものを買いにいろいろな店に行きましたが、米がほとんどなく、結局はほとんど行ったことがない米屋さんで、高級米を買うことになってしまいました。

次の週は、「E-Work（自宅で仕事）でよい」という知らせがありましたが、私はオフィスの様子を見に行き、愕然としました。天井の一部が落ちていたり、固定されていなかったキャビネットも倒れていたり、多くの電話機やモニターが床に散らばっていました。

そんなオフィスからの帰り道。少し遠回りをしながら近所の主要な建物や場所（公民館、区役所、公園）を見ながら、震災の傷跡を自身で確認をしたことで、なんとも言えない感情があふれてきました。

それは、「こんな自分でも、震災復興のために役に立つことができないか？」という当然の感情でした。正直に話すと、その時まであまりボランティア活動などには興味がなかったのですが、「小さいことでもいいので、何かできることをやろう！」と、まず決めました。

その次に、「何ができるか？」を考えました。私には小さな子どもがいるので、身勝手に被災地に行くことはできません。自分の生活圏でできることを探したところ、「英語を使って、何かできないか？」という考えが頭をよぎりました。

会社でも、「英語でランチョン」で、「お昼を食べながら、英語で会話をしよう」という活動をしていた私です。とりあえず、「低価格で参加できる英語クラスを作ること」に決め、二ヵ月後に開始することまで決めました。

教訓：なんとなく生きているだけでは、見えないものがある。ピンチの時にこそ、本当に必要なものが見えてくる。

「まず動く」をモットーにしている私としては、動きながら計画を立てることにしました。最初にチラシ作りをしながら、自分が作りたいクラスのイメージを膨らませました。

近所のコミュニティー・センターを、日曜の朝に借りられることを確認すると、次のような要望を持つ人々を対象に、「一回三百円、そして入会金不要！」でスタートしました。

・英会話を始めたいけれど、英会話スクールは高すぎる。
・気の合う仲間と楽しく英語を学んでいきたい。
・海外で使える実践的な英会話を学びたい。
・なかなか時間が作れないが、月に一度ぐらいなら。

もちろん収益はすべて、東日本大震災への寄付金です。

周りには、「そんなにすぐに人を集められるの?」、「もっときちんと計画を立ててからやれば?」などと、親切なアドバイスをもらいました。でも、寄付金を集めるには、早ければ早いほどいいし、時間をかけて計画を立てたからといって、人が集まるわけではないと考え、無理やり推進しました。

結果として、最初のクラスに十人ほど参加していただき、その後も人が増えていきました。そして現在では一セッション五百円、月に二回開催で運営しています。

二〇一一年に立ち上げてからすでに六年となりますが、創設当時の初期メンバーも半分ぐらい残っていますし、同じ想いを共有できた友達も先生として活動に参加してくれています。おかげで、家族サービスに影響が出ない範囲で運営ができています。

また寄付金も、年に数十万円送れるようになりました。


この活動が円滑にスタートできた背景には、会社での英語と啓蒙活動があったことが大きかったです。実際に、最初のクラスには何人かの会社の同僚が参加してくれました。

でもそれ以外にも理由がありました。それは、「トーストマスターズ（英語のスピーチクラブ）」により、意識が高い人達と良いネットワークが築けたことです。今でも先生として一緒に活動している人達との最初の出会いが、この「トーストマスターズ」でした。

「トーストマスターズって何？」と思っている方も少なくないと思いますので、簡単に紹介させてもらいます。

「トーストマスターズ」は、世界一二六ヵ国、三十一万人の会員を持ちます。日本では約一七〇クラブ、四千人の会員がいる、スピーチとリーダーシップを学ぶ非営利団体です。日本では、主に英語で例会を運営するクラブが多いですが、日本語や中国語などのクラブもあります。

私は日本に戻ってきてから活動を始めたのでまだまだですが、毎年全国大会を開催しており、代表者はアジア大会、世界大会に参加することができます。「トーストマスターズ」に参加して少し経った時に、千葉県で初めて全国大会を開催すると言われ、なんと私が、その全国大会（District 76）の英語コンテスト・チェアに任命されてしまいました。

あまり大きな声では言えないのですが、普通は自分のクラブやもっと小規模のエリアコンテストなどを経験してから、そのような大舞台に立つようです。私は、関東大会のような「Division コンテスト」には、コンテスタントとして参加したことはあるのですが、初めてのコンテスト・チェアがなんと、全国大会という異例の人事となり、正直少し戸惑いました。

それでも、光栄にもそのような大役に指名された私に、「断る」という選択はなく、不安を持ちながらも全国大会の準備を着々と進めていきました。


全国大会は三日通して行われます。ところが、三日連続で使用できる適切な会場が確保できなかったために、海浜幕張の Hotel Springs の大ホール（五百人ぐらい収容可能）で豪華に行うことが決定されました。

ソフトウエア・エンジニアとしての仕事では、このようなイベントで司会することはあまりないので、本当に貴重な経験だったと思います。このような経験ができたのも、始まりは「英語」であり、オーストラリアで英語を学べたことが、今回の幸運を引き寄せたのだと思っています。

コンテストは順調に終わり、その時の模様がＤＶＤで配布されることになりました。一応、ＤＶＤは持ってはいますが、当時の自分を見るのが恥ずかしいので、観ることもなく永久保存版になるかもしれません……。

教訓：「頼まれごとは、試されごと！」。誰かがアナタに頼みごとをするには理由があり、アナタがそれをこなせると考えているから頼まれている、と考える。

私の社会貢献履歴に、もう一つ大きな衝撃を与える出来事が二〇一四年に起こりました。それは会社で申請していたCSCという社会貢献プロジェクトで、ペルーのクスコに世界十一ヵ国から選ばれた十五人のメンバーの一人として行くことになったことでした。

CSCとは、新興市場における社会的課題の解決に取り組みながら、社員のリーダーシップを育成することを目的とした、IBMのプログラム「コーポレート・サービス・コー（IBM海外支援チーム）」のことです。その活動は二〇〇八年にスタートし、二〇一四年までに二百チーム、二千四百名を超える社員が、三十ヵ国以上に派遣されました。現在はその数倍の人数が派遣され、さらに発展しています。

また、このプログラムの素晴らしいところは、「社員が給料の心配をしないでよいこと」です。つまり我々プロジェクト・チームは、会社の仕事として、社会貢献プロジェクトに参加し、その地域のために我々の経験や知識を活かすのです。

もちろん、企業が目的もなく人を派遣することはなく、以下の確固たる三つのベネフィットを掲げています。

The Corporate Service Corps offers a triple benefit:
1) Leadership training and development for the communities
2) Leadership development for the participating IBMers
3) Greater knowledge and enhanced reputation in the growth markets for IBM

旅行ではなく、「仕事＋社会貢献」で地球の反対で一ヵ月も生活するという機会はそれほどないため、多くの社員がこのプロジェクトに応募します。特に海外では、社会貢献が人格を確立する上でとても大切であり、重要なものと位置づけられているために、競争率も数十倍になると聞きました。

応募するためには、会社が定めた基準値（仕事の評価）をクリアしないといけません。またそれだけでなく、英語論文で、「なぜ自分は参加したいのか？　どのようなことができるのか？　そしてどんな貢献ができるのか？」を提出する必要がありました。

そのような厳しい条件をクリアした人達が、世界各国から参加してくるこのようなプロジェクトに参加することを、想像しただけでも楽しくなりませんか？

私もプロジェクトに選ばれた後は、しばらくは高揚感を抑えられない状態でした。そしてプロジェクト開始の二ヵ月前から、テレコン（電話ミーティング）が始まりました。

教訓：自分を磨くためには、自分より上のレベルの人達がいる場所を求めることが必要。

アメリカ、ヨーロッパ、アジアの国との時差と、通常業務の時間を考慮した結果、テレコンは日本時間の二十二時となりました。グローバルでテレコンする場合は、だいたいこの時間か朝の七時、八時頃になる場合が多いので、特に問題ありませんでした。

しかし、準備しなければならないことが意外に多く、仕事が終わった後に作業しなければならない状態がしばらく続きました。そして出発日の近くになればなるほど、引き継ぎなどで業務が増え、平日でこなせる作業量を超えてしまい、週末に時間を見つけて作業しないといけない状態でした。

ただし不思議なことに、目の前に目標があると疲れを感じることもなく、仕事とプライベートの両方を上手にこなせるようになるんだなと実感しました。時間の使い方に関して新たな発見があり、それがその後の私の生活に大きな影響を与えたような気がします。

ペルーへの出発前には、プロジェクト要件に対しての準備はもちろん、それ以外にも済ませておくべきことがたくさんありました。肝炎などの予防接種、ドルへの両替と、ペルーでキャッシュを引き落とせるカードの発行、保険などへの加入、お土産や補食の買い出しなどです。

また家族と無料で電話をするために、Skypeなどのアプリケーションをタブレットに入れてのテストなども念入りにしましたが、一つ失敗したことがあります。それは持っていった本の量が少なかったことでした。

当時はまだ電子版で本を読む習慣がなかったので、単行本を五冊ぐらい持って行ったのですが、全然足りませんでした。プロジェクトでは常にチームメンバーと一緒にいるので、あまり本を読む時間はありませんでした。でも疲れている時は、夕食の後は自分の部屋に戻り休むので、その時は無性に活字を読みたくなりました。そして貪るように本を読み始めると止まらなくなり、気づいた時には深夜の二時……なんてことが何度もありました。

持参した本がなくなった後は、ボーッとテレビを観ることしかできませんでした。

ケーブルテレビで、少しですが英語の番組をやっていたことが救いでした。何もない時には、スペイン語で『ドラゴンボール』をよく観ていたのを懐かしく思い出します。「え？　インターネットは？」と思われた方も多いと思いますが、ホテルのインターネット回線は遅く、夜はアクセスが集中するため、動画はまず観ることができませんでした。

教訓：備えあれば憂いなし。準備には一二〇パーセントの力を注ぎ込むべき！

現地に持っていって喜ばれたものは、やはり日本製のものでした。私はプロジェクトメンバーとお客様へのお土産として、お箸と箸置きセット、折り紙セット、日本風のお椀、日本のお菓子（抹茶風味など）を持っていきました。お客様やチームメンバーにとても喜ばれました。また、粉末の味噌汁、スープ、栄養調整食品、ふりかけなども、持っていって本当によかったと思います。疲れすぎで外食や買い出しに行きたくない日が何日かあり、その日はフルーツと栄養調整食品、そしてスープを腹の足しにしてすぐベッドに直行です。ちなみにフルーツは、ホテルの朝食時に確保して、部屋に持っていっておきました。

そうこうしているうちに、出発の日を迎えました。一ヵ月のプロジェクトなので、自然と荷物も多くなりましたが、向こうで洗濯ができると言われていたので可能な限り荷物は抑えました。それでも仕事に使うノートブックや、個人用のタブレットや本やお土産などを入れると、かなりの量になってしまいました。

私はオーストラリアに十年近くいたのに、実は海外旅行の経験はほとんどなく、ほかに行ったことがある外国は、韓国やシンガポールなど数ヵ国ぐらいです。そのため二十時間近いフライトに耐えられるか、正直少し不安でした。

行きのフライトは、ダラス経由でマイアミ、そしてやっとペルーのリマに到着です。ただクスコに行くためには、さらに飛行機で数時間飛ぶ必要があります。片道三回の乗り換えは人生でも初めての経験で、到着した時にはすでにくたくたでした。しかもマイアミでの乗り換えで、一本遅れてしまいました。

マイアミはスタッフもリゾート気分のようで、セキュリティースタッフの手際が悪く、間に合うはずの飛行機に乗れませんでした。そのため、別の飛行機に乗せてもらうように交渉をし、なんとかクスコに数時間遅れで到着することができたという状況でした。

そして、荷物のピックアップ場所で預けたスーツケースを辛抱強く待っていましたが、いつまで経っても出てきません。スタッフに預けた荷物のチケットを見せて、荷物がないことを伝えました。仕方なく到着ゲートで迎えを待っていると、アジア系の可愛らしい女性が、「Mr. Oka?」と聞いてきました。「Yes」と答え、荷物がなくなったことを伝えたところ、「荷物喪失届けを書かないといけないので」と、ペルビアン航空のスタッフと話をしてくると言って、その場をまとめてくれました。彼女の英語がAmerican Englishだったので、現地の人ではなく派遣スタッフかと思っていましたが、後で話してみると、前にアメリカにしばらく住んでいたとのことでした。

賢明な読者は、この時点ですでにお気づきだと思いますが、私に残されているものは手荷物だけです。そして荷物は、「明日中に届けるようにするが、数日かかるかもしれない」と言われてしまいました……。プロジェクトの初っ端から厳しい洗礼を受けてしまいましたが、なにはともあれ、現地に到着したので良しとしました。

実際、初日はプロジェクトが開始される喜びと興奮で眠気も感じず、迎えの現地スタッフと一緒に、ホテルや両替所などを回りながら、これから一ヵ月生活するクスコの町を堪能しました。

その夜、初めて十五人のプロジェクトメンバーが、九ヵ国（Australia, Canada, Colombia, Malaysia, India, Japan, Switzerland, South Africa, U.S.A）から集結。クスコの中心地にあるイタリアンレストランで食事をともにしました。

テーブルが三つに分かれてしまったので、ほかのテーブルの会話は分かりませんが、我々のテーブルでは簡単な自己紹介から始まり、自国の話や今回の滞在でどこに行きたいかなど、他愛のない話を二時間ばかりしていたのを覚えています。

教訓：物事を決める前には、人の意見も判断材料として聞くべき。自分では気づかな

かった思わぬ落とし穴を、回避できることがある。

その日は話が盛り上がり、ホテルに戻った時にはすでに二十二時頃になっていました。その後、自分の部屋に戻り、明日のためにシャワーを浴びていた途中、お湯が急に水に変わってしまいました。「寒い！」と言い、すぐに体を乾かして、一階のフロントに行くと、ほかのメンバーがすでにお湯が出ないことを説明していました。

フロントのスタッフは多少英語ができたので、我々の不満を理解し、この国のシステムを説明してくれました。このホテルではお湯をタンクに溜めておき、使用時にそのタンクからお湯を使っているとのことでした。

日本やアメリカの人達にとっては、「え？」という話かもしれませんが、シドニーのアパートもほとんどはタンク式でした。そのため、私は以前に何度か経験したことがあり、すぐに状況が理解でき、「なるほど……」とすぐに納得したのです。

それからは帰ってきてすぐにシャワーを浴びるか、朝早くに起きてシャワーを使うようにしました。アフリカのプロジェクトに行った人の話では、「シャワーはキャンプ用のような、木にぶら下げたようなものしかなかった」とも聞いていたので、この程度でとやかく言うつもりはまるでありませんでした。

ただし初日は、スーツケースが届いていないためパジャマはなく、手荷物で持っていた薄手の着替えだけでした。夜は冷え込むので、部屋は思ったより寒く、その夜は布団に包まりながら明日からの冒険（プロジェクト）のことをだらだらと考えていたのを覚えています。

クスコでの初めての夜ということで、少し興奮していたことと、個人部屋が予想以上に大きく、多少の寂しさを感じていました。「今頃、子ども達は何をしているんだろう……。週末は何をして過ごしたのかな？」などと考えながら、クスコ初日を終えました。

次の日は待ちわびていたお客様への訪問。期待と不安が入り交じった気持ちで、タクシーで向かいました。

我々のプロジェクトは、恵まれない子どもや学習経験がない子ども達のための学校を経営している非営利団体での活動でした。電話会議で話した感想では、それほど大きな団体ではないという印象がありましたが、実際は我々の予想よりも規模が大きく、幅広い活動をしていることが分かりました。

この団体が運営している学校は、小・中学校、職業訓練学校、それに大人の教育をしている学校と多種多様でした。恵まれない人々のためにやりたいことはたくさんあるけれど、スタッフや資金の問題で、これ以上の活動は難しいとのことでした。またきちんとしたＩＴシステムがないため知識が散漫してしまい、人が辞めてしまうと、その知見が残らないということも、しばしば起きているように感じました。

オフィスはクスコの中心地から少し登ったところにあるとのことで、「え！　これが道？」と思えるような狭いところを、タクシーは上手にすれ違いながら目的地に向かいました。

タクシーが最終的に止まった場所にはオフィスはなく、「この先は階段でしか行けない」と、付き添いのスタッフが説明してくれました。階段を見た私達は、「これを毎日登るの？」という目で互いに顔を見合わせて、「これからは健康的な生活を送れるね」などと冗談を言いました。

オフィスはサンブラストという場所にあり、そこからの景色は言葉で表すことができないくらい神秘的で、綺麗なものでした。その場所はオフィスだけでなく、ヨガ教室や、クスコで唯一の現地語教室が開かれていました。とても綺麗に手入れされた花畑が、ゲートからオフィスまで続いており、この花畑を見ているだけで、このプロジェクトに関われてラッキーだと感じました。

ただ、プロジェクトはまだスタートしたばかりで、一ヵ月という短期間で何を残せるか……という不安がなかったと言ったら、嘘になるでしょう。

教訓：今の自分が、「どのようにしてほかの人の役に立つか？　また、何を与えることができるか？」を考えることが、人を成長させる。

初日から三日間は各オフィスや学校を回り、皆から困っていることや、「こんなことができればいいな……」というアイデアを集めました。

最初の目的地は、職業訓練学校でした。そこは親に見放されたり、まともに学校に行けなかったりする十代から二十代前半の青少年のための学校です。見学した時には手芸、工作、ドラマなどを教えていました。

先生やスタッフの話では、生徒の出席や成績などをきちんと管理できるシステムがないので、生徒達の成長や、困っていることなどが先生任せになってしまうという問題を抱えていました。

また、「生徒にコンピューターを買う余裕はないので、Webサイトを作ってもアクセスは増えない、むしろFacebookのコミュニティーのように携帯で気軽にアクセスするもので、なにかシステムが作れないか？」という要望がありました。

次に小学校を訪問し、お昼を一緒に食べ、サッカーやバスケなどの軽いスポーツで子ども達と触れ合いました。一緒に遊んだ子どもの数人と仲良くなり、私が英語で話し、彼女達がスペイン語で話すという、奇妙な会話をしていました。たまたま英語が少しできる先生がいたので会話がなんとか成り立ち、彼女達のいろいろな声が聞こえました。

彼女達の中には、貧しくて家ではまともな食事ができない子どももいて、学校の昼食でなんとか栄養のバランスを保っているとのことでした。そんな苦しい状況でも幸せそうに遊んでいる子ども達を見て、私は帰る前になんらかの足跡を残して行きたいと、心から思いました。

ほかにも昔から伝承されてきた言語を教える学校、ラジオの放送局、ヨガ教室などを巡り、多くの人に会い、貴重なコメントや意見をたくさんもらいました。

その中から、我々がコンサルティングだけでなく、実際に使えるシステムとして手元に残せることを念頭に置き、以下の三つを選択しました。

1. Fund raising tool（資金集めの仕組み）
2. Web site improvement & Reporting tool（ウェブサイトの改善&レポートツール）

3. Knowledge management system（ナリッジ管理システム）

　この三つのゴールを一ヵ月という短期間で達成するために、三人で分担しアイデアをまとめる作業をしました。この三人が、今回のプロジェクトにアサインされました。

　CSCペルーには、さまざまな分野からのスペシャリストが集まっていますが、複数のプロジェクトに対応するために、得意分野が偏らないように、三人ずつの小チームに分かれています。

　私のチームメートはコンサルタントとプロジェクトマネージャーで、技術系は私一人だけ。そのため私は三番目の、「Knowledge management system」担当にしてもらい、情報収集を始めました。

　オフィスワーカーの人達に、現在どのように仕事をしているかと聞くと、「各個人のパソコンで作業をし、月に一度ぐらい一つのマシンにファイルをコピーする」とのことでした。当時はファイルサーバーもない状況だったので、個人のパソコンにある情報がコピーされずに、知識として残らないということが頻繁に発生するということでした。

また団体としてサーバーを構築する費用や、そのための運用費など出せる状況でもなかったので、「クラウド」を使うことで、コストをかけずに利便性を上げることにしました。具体的には、書類作成・編集やプロジェクト管理は、オンラインベースでやること。幸いにも、インターネットはある程度普及しており、パソコンを持っていなくても、スマートフォンは皆が持っていました。

最近は大容量で無料のファイルサーバーを提供してくれる会社も多いので、サンプルとしていくつかのファイルをクラウドで出し入れできるようにしました。これによりファイルの管理をする必要がなくなり、「オフィスにいなくても、仕事ができるようになって快適だ」という声をもらいました。

また生徒、先生、お客様には、オンライン・アンケート・フォームを送れるようにし、手渡しする手間や集計の手間を省くことができました。これは特に先生や生徒から好評でした。

また作業用のアプリケーションも無料で使えるものに統一することにより、アプリケーション間で開ける、開けないなどの無駄な作業を抑え、継続的に前のプロジェクト管理ができるようにしました。実際のサンプルファイルや、How toドキュメントも作成し、誰もが簡単に使い始められるような工夫を盛り込みました。その結果、皆すぐに使い始めることができ、家やカフェでも仕事ができるようになったと、大変好評でした。

バック・オフィスで仕事をしている人達は、子供のいる共働きが多かったので、今回の変更はとても効果的でした。

最近はさまざまなFreewareや、非営利団体には無料で提供しているソフトもあったため、必要なアプリケーションを確保することにはまったく困りませんでした。ただプロジェクト管理に関してだけは、適切な無料ソフトを見つけることができず（初心者には操作が複雑）、いくつか候補を挙げて提案する形とさせてもらいました。

そのほかの柱でも、Databaseにフォームで入力できるようにしたり、そこからレポートが作れる仕組みを作成。これにより、年度末にDonation（寄付金）を送ってくれた方に、活動を報告できるようにしました。

費用がかかる大掛かりなシステム構成はできませんでしたが、オフィスワークの自動化を促す仕組み作りに貢献できたことで、現場の人達と良い関係を築けたと思います。彼らの今後のビジネスに貢献する基盤を、一ヵ月という短い期間で残すことができたのは、「最初の数日間で、この団体の活動意義・目的に共感できた」ということが、とても大きかったと感じています。

人は誰かのためであれば、自分の最大限の力を出して努力することが可能であると信じています。我々のチームは、各々の得意分野を活かして、自分にできる最高の仕事をお客様のため、その先の子ども達のためにしたという自負があります。

教訓：本気で自分以外の誰かのために、何かをしてあげたい！　と思うことができれば、不思議とアイデアや、そこにたどり着くための手段が見えてくる。

プロジェクトも順調に進み、第三週に突入しました。来週にはお客様にプロジェクトの成果を提出するだけでなく、クスコの市長や関係者を集めてのプレゼンテーションがあります。

我々のグループは、信じられないぐらい順調にプロジェクトが進んでいたので、「なにか画期的なプレゼンテーションができないか」と話し合い始めました。しかしアイデアがまとまらないまま最終週になってしまい、少し皆に焦りが見え始めていました。「何かないか」と考えていたところ、急に、Happy Birthdayソングがオフィスから聞こえてきました。「なんだ?」と思って、三人でオフィスをのぞくと、陽気な四人組のおじさんがギターを手に持って、スペイン語の歌を歌いながら誕生日を祝っています。皆が我々に手招きをし、ケーキを振る舞ってくれました。

スペイン語のHappy birthdayを聞いた私は、興奮してスマートフォンでビデオ撮影を始めました。誕生日のお祝いが終わり、皆にそのビデオを見せていた時に、「あ！ビデオを使ったらどうだろう?」と閃いたのです。そこでプレゼンテーションにビデオを取り入れることにしました。

ずばり、最終プレゼンテーションのテーマは「我々の代わりに、テクノロジーにハード・ワークをしてもらう」でした。

パワーポイントのアニメーション機能を使い、スライドの自動化、ミュージック、ビデオなどを含め、「スタートボタンを押したら、自分達が話す代わりに、コンピューターに説明してもらう」という発想で最終プレゼンを作成しました。

もちろん、プレゼンの間にちょっとしたコメントや写真、お客様からのフィードバックなども織り交ぜ、我々のプロジェクトをまったく知らない人達でも分かるように丁寧に構成することを心がけました。

本番では三つあるビデオの一つの音声が出ないというアクシデントはありましたが、概ね計画通りに進み、我々は一ヵ月のハードワークを噛みしめながら、発表会が終了。発表会に来てくれたお客様にプレゼントをもらい、涙の抱擁をし、「今度はスペイン語を学んで戻ってくる」と約束して別れました。

数日前に、ほかのお客様メンバーとクスコの中心地に飲みに行き、「スペイン語が話せればもっと分かり合えただろう」と感じたばかりでした。「英語さえ話せれば、なんとかなるだろう」と考えていた自分が甘かったと感じていたので、別れの際に思わずもらい泣きをしてしまいました。

オーストラリアでの生活を経て、英語は話せるからと、スペイン語の勉強もしないでペルーに乗り込んで行った私。そんな私に優しく対応してくれたお客様やホテルスタッフに感謝をし、短いプロジェクトを終えました。

このプロジェクトで得たものは多く、今でもフェイスブックで現地サポートメンバーやプロジェクトメンバーと繋がっています。シンガポールに仕事で行った時には、メンバーの一人と食事もしました。またマレーシアから日本に遊びに来たメンバーと会うこともできました。

サッカーのワールドカップの時には、南米コロンビアからのメンバーと、チャットで互いの国のチームの善戦を称えあうという、面白い場面もありました。

教訓：百パーセントの準備や努力ができる人はいるだろう。ただ、さらに数パーセントまで踏み込める人は少ない。その領域が一流と、超一流のボーダーライン。

親世代が子どもにできること

ペルーでのプロジェクトが終わり、日本に戻ってから改めて自分の人生を振り返るようになりました。

「日本なんかクソ食らえだ」と感じ、オーストラリアに旅立ち、そのオーストラリアで二人の子どもを授かりました。よく、「玉のような子」と言いますが、最初に抱いた時は本当に、そんな表現が頭に思い浮かびました。

息子は我々が共働きであったため、一歳になる少し前からChild care（保育園）に預かってもらいました。そのため、平日の昼間は英語の環境、夜は日本語の環境という生活をしていました。

確か二人目に娘が生まれて日本に来るまでの約三年間は、息子はそのような英語ずくめの環境で育ちました。まだ言葉をあまり話さなかった時期なので、正直どのくらい英語が分かっているかは疑問でしたが、先生や友達との意思疎通はできていたようで、先生からも問題ないと言われていました。

また息子は、何人もの友達から誕生日パーティーに招待されたのを覚えています。息子と地元の友達は片言の英語で言葉を交わし仲良く遊んでおり、その風景をほかの親達と一緒に見ながら、「遊ぶということに、国や言葉はあまり関係がないんだな」と感じました。

どちらかと言うと、地元のお父さん達が集まったパーティーに参加している私のほうが、話題作りなどで大変でした。ビジネスで使う英語のほうがインフォーマル（形式張らない）な英語よりも、何倍も簡単です。

パーティーではお酒の影響で皆が、「Pub talk（飲み屋での会話）」状態となり、早口で内輪ネタをぼそぼそと話し始めます。少しは合わせるようにしていますが、興味のない内容が多く、帰る頃には疲れてしまうことが多いのです。

そんなこんなで、息子は多少英語が話せましたが、日本に帰国し幼稚園に入って数ヵ月もすると、英語にまったく興味を示さなくなりました。それどころか、向こうでは好きで見ていた「Ben10」や「Wiggles」といった音楽やテレビアニメも、まったく見なくなってしまいました。

初めはどうにかしてもう一度、英語に興味を持ってもらおうと、持ってきたいろいろなＤＶＤをたまに見せたのですが、「しまじろう」や「ポケモン」などの日本のテレビ番組にしか食らいついてこなくなってしまいました……。たぶん、日本語を自由に話せることが楽しいので、不自由な英語を思い出すのが嫌だったのだと考えています。

教訓：人はすぐに楽なほうに流れていく生き物。それを食い止めるためには、強靭な意志が必要。

シドニーでは、常にクラスで一番小さかった息子が、日本の幼稚園では後ろから二番目ぐらいでした。また、オーストラリア育ちと四月生まれが幸いし、運動神経もほかの子よりも発達していたので、幼稚園のグラウンドで教えているサッカークラブに入りました。

シドニーで週に一回、遊び程度でやっていたので、抵抗なく始められとても助かりました。

最初は週に一回だったのが、すぐに、「二回やりたい」となり、その後はサッカー命のサッカー小僧に一直線。幼稚園を卒園する時には、その中では一番、二番を争うまでに上達しました。

ただし、毎年そのクラブが主催するフレンドリーマッチでは、上には上がいて、「息子もまだまだだな……」と、実感させられました。


小学校に上がっても、息子は英語に興味を示してくれず、「サッカーをもっとやりたい」と言ってきました。その反対に、娘は英語自体にほとんど触れずに、オーストラリアを去ってしまいました。ただ、英語に少し興味があるようだったので、ゲーム感覚の英語教材を与えて楽しみながら、英語を少しずつでも続けられるように工夫をしました。でもやはり、「環境」という力には勝てず、無理に英語を押し付けることはやめました。

結局、子どものの好きなものや、没頭できることを見つけて、一緒に伸ばしてあげることが親の務めだと考えました。子ども達が本当に好きなものを見つけられるように、いろいろなスポーツや習い事を体験させせました。

息子が小学三年生になる時に、サッカーのクラブで選抜試験がありました。その頃、育成コースにいた子ども達は三十五人ぐらいで、選抜に残れるのは二十人ぐらいだと言われていました。

息子は選抜に残るために、家でもリフティング練習をしており、私も一緒にパス練習やドリブルの練習に付き合っていました。その時に、リフティングなら二百回ぐらいはできるようになっていたと思います。それでも特にずば抜けているわけではないので、やっと合格したというラインだったと思います。

選抜試験に受かった子ども達は二チームに分かれて、練習試合や大会に参加します。

息子はなんとかAチームに残ったものの、スタメンで出られる試合はほとんどなく、親としてはBチームでいいから、スタメンで試合に出られるほうがいいのではないかと考えていました。

また娘は、いろいろな習い事はしているのですが、長く続かないものが多く、没頭できるものを見つけることはできていませんでした。

一方、私はペルーのプロジェクトから帰ってきたばかりで、日本という物質的に豊かな環境に育った子ども達に、もっとほかの国のこと、海外で活躍している日本人のこと、物事を別の側面から見る力などを育ててあげたいと考えるようになりました。

そこで決めたのが、「親子でGoグローバル」というイベントの開催です。元々、ペルーの子ども達のためにも何かできないかと考えていたので、会場代などの経費以外はすべて寄付金という形で、月に一回、一セッション五百円で始めました。

幸いなことに、妻も子ども達に対して同じ気持ちを持っていたので、妻に最初の二十分間英語でマジックをやってもらい、その後に楽しみながら学べる教育的なプログラムを一時間ほど行いました。

その中で特に人気があったのは「マッチ棒クイズ」でした。私が小学生の頃に流行った記憶があったのですが、最近の子ども達はやったことがなかったようで、みんな夢中でやっていました。

また、一人でやるのではなく、三人ぐらいのチームを作り、皆で一緒に考えるという方針にしました。これは子どもだけでなく、大人にも一緒に考えてもらいました。何度も参加してくれた外資系会社で働いている方は、「これはミーティングのIce breakerに使えそう」と言っていました。

マッチ棒クイズでは、一つ以上の回答があるものを選びます。「物事の答えは一つではなく、一つの答えで満足せずに、まだほかの回答もあるかも？」という思考を学んでもらうのに最適な方法だったと思います。

基本、子どもは競争が好きなので、クイズ形式のものにはだいたい食らいつきます。それを利用して、歴史やスポーツの偉人クイズや、英単語を記憶させて当てさせるクイズなど、子ども達の視野が広がるプログラムを考えて取り入れました。

このプログラムが効を奏したかどうか分かりませんが、息子の考え方に少し変化が生じてきました。メジャーリーガーのイチローや松井（当時）、サッカー選手のカズや本田などから、メンタルがプレーに与える影響、そして目標を決めることの重要性を理解したことで、スタメンで出場する機会が増えてきました。

そして小学三年生の県大会ではスタメンで出場し、堂々の三位を獲得しました。もちろん、優勝できれば最高でしたが、チーム皆が精一杯やった結果なので、個人的には、「よくやった」と言いました。

また少しですが、千葉のケーブルテレビで子ども達の活躍が放送されたので、親としては嬉しい限りでした。

「親子でGoグローバル」は、妻の地道な宣伝活動や地元の新聞の取材などもあり、日曜日の夕方という時間帯にも拘らず、多くの人が来て楽しんでくれました。

教訓：勝負の勝敗を分けるものは、「想いの強さ」。「できたらいいな、なれたらいいな」

では、何も起こらない、「○○する、○○になる」という決意が必要。

まだまだ成長途上の私ですが、子ども達に伝えたいことがたくさんあります。中でも皆に一番伝えたかったことは、「夢をかなえる魔法」。その魔法とは、「続けること（あきらめないこと）！」です。

名古屋出身のミュージシャンSEAMOさんの「Continue」という曲に、「負けたら終わりじゃなくて、やめたら終わりなんだよね」という歌詞があります。「親子でGoグローバル」をやっている時に、名古屋でミュージシャンの友達の結婚式がありました。その結婚式に、私達の友達の先輩としてSEAMOさんが出席されていて、「Continue」をプレゼントとして歌っていらっしゃいました。

そのことで、さらにこの歌への思い入れが強くなった私は、クラスでも何度か紹介しました。自分自身、「やめたら終わり」ということを経験していることもあり、このことについては子ども達が理解できるように、何度もクラスで繰り返しました。

もちろん、なんでも続ければよいというわけではないと思います。時には方向転換

をする決断も必要でしょう、

ただしそれが、「逃げ」であってはいけないと思います。ほかにどうしても挑戦したいというものが見つかったのであれば、それは、「逃げ」でなく、「挑戦」となるので、「続けること」の延長線上にあるのではないでしょうか。

我々親世代が子どもに与える影響は、とても大きいと考えています。子ども達は見ていないようで、私達のちょっとした言動を見ています。

英語で、「Lead by example」という言い回しがあります。これは、「自ら実例を示してリードしろ」ということです。例えば子ども達に、「甘いものばかり食べるな」と言っても、自分達が甘いものばかり食べていれば説得力はありませんよね。

これは家庭での話だけではなく、会社やビジネスでも同じだと思います。部下や後輩にいくらガミガミ言っても、その人が言っていることを実践していなければ、「ああ、また口だけか」となってしまいます。

正直なところ、今の日本の子ども達は恵まれすぎていて、自分達の境遇のありがたさが分かっていないと感じます、ただ時代は変わるので、今ではそれが当たり前であれば仕方がないことだとも思います。このような時代だからこそ、我々親が子どもとの距離を調整しながら、うまく子どもを導いてあげる努力をする必要があるのではないでしょうか。

もちろん、今の子ども教育はとても難しいと思います。なぜならば、子どもと親の距離が昔よりもずっと近くなっているからです。ある意味、欧米化しているように思えます。そのため、我々親は、「時には友達、時には先生」にならなくてはいけません。

例えば子どもが間違いを犯した時に、ただ叱ればよいのではなく、なんでそのような間違いをしたのか、どのように考えて動いたからそのような結果になってしまったのかを、考えさせることが重要だと思います。叱るタイミングも非常に大切で、その時に叱らないと、子どもはすぐに忘れてしまいます。

また、間違いを犯した時にただ許すのではなく、なんらかのペナルティー（お年玉を減らすなど）を与えたほうが身をもって覚えて、同じ間違いをしないように気をつけるようにもなります。中途半端に助かると、次も同じことをやっても大丈夫と思うようになるので、これにも気をつけないといけません。

教訓：天才は生まれるものではなく、育てるもの。努力を続けることができる人が、本当の天才。

「親子でGoグローバル」を主宰し、運営することで、参加してくれた子どもと大人から多くを学びました。

皆さんも経験があるかもしれませんが、人前に立って話すと、いろいろなことが見えてきます。例えば、眠さを必死に我慢している子どもや、言われていることがちんぷんかんぷんで理解できていない子どもなどです。これは彼らが悪いわけではなく、このような反応をさせてしまう私の進め方や、内容に問題があることは、前に立っている私が一番分かりました。

言い訳をすると、参加してくれた子どもの年齢が、下は幼稚園ぐらいから上は中学生と幅があったので、全員が興味を示す内容にするのが難しかったのです……。

この、「親子でGoグローバル」は、寄付金額が十万円に達したので、一旦終わりとさせていただきました。ほかにも、「検見浜でEnglish」や、「Makuhari Toastmasters」などの活動をしていたので、本業とのバランスも取らないといけなかったという現実があったのも否めません。

しかしこの活動により、「なにかを達成するためには、子どもと大人はセットとして考えなければならない」と強く思うようになりました。子どもが何かをしたい場合に、親から承認を得ないといけないからです。別の言い方をすると、「子どもは自分の意思だけではやりたいことができない。常に親のサポートが必要」ということです。

そのため子ども達の視野を広くしてあげるだけでなく、我々、親も視野を広くしていかなければ、子どもの願いに対して的確な判断ができなくなってしまいます。もしかすると、私達親こそが、子どもの将来や成長を妨げているのかもしれません。

ここだけの話ですが、私は子どもが小さい時には、「ふざけんな！」という態度をとってしまうこともありました。普段はニコニコしているので、私が急に怒りだすと、子どもは恐怖で萎縮してしまいます。

ちょっと可哀相だとも思いますが、相手に怪我をさせているような時には、本気で怒ります。子ども相手にムキになっているので周りから冷たい目で見られるかもしれませんが、関係ありません。大人が子どもを本気で叱れなくなったら、たぶん、親子の関係は終わりではないでしょうか。

もちろん、子どもに嫌われたくないので、細かいことは言いたくないですが、嫌われることを怖がっても仕方ありません。彼らの将来のためには、悪役にでも、鬼にでもなります。

ただし怒っている理由を、子どもにきちんと説明できないのであれば、それはただの憂さ晴らしなので、やめましょう。

教訓：「ほかの人から学ぼう」という謙虚な気持ちをなくした時点で、進歩が止まったと考えてよい。

たった一人でもいいので、自分の行動がほかの人に影響を与えられるようになることが、私の人生の目標だと考えています。子ども達に何かを残したいという思いもありますが、そのためには子ども達の親世代がしっかりしないといけないと感じています。

平日は仕事があり活動ができないため、週末にできることを考えたところ、結局は「英語」に戻ってきました。特に英語が得意というわけではない私ですが、日本人がもっと外国に出て行き、活躍してほしいと思っています。

綺麗な英語にこだわる必要はなく、自分の意思を伝えることができ、人の言っていることが分かるようになればよいのです。

そのためクラスで教えることは、実践で使える日常会話やスピーチなどです。ビジネスでも、「日本人は静かだ」と言われていますが、それは日本人が英語だと即座に反応できないということも、理由の一つではないでしょうか。

私は子ども達とその親世代が、英語に抵抗感をなくしてくれるようになって欲しいと願っています。

日本に戻ってから、社内で英語クラブを立ち上げたり、地元で英語を教えたりしていて思うことは、参加してくれる人はポジティブな人達だということです。英語という外国語を習得することにコミットできる人達は、得てして粘り強い人達が多いです。

それはおそらく、日本で英語を習得するには長い年月が必要であり、それを今まで続けてきた人達が、私の活動に賛同してくれるからでしょう。

「TED」という、アイデアを人前でスピーチするアメリカの番組があり、そこでAngela Lee Duckworthという元教師の女性が、「The key to success は grit（粘り強さ）」と言っていました。これには私も同感で、結局はあきらめずにやり遂げる人が成功するのだと思います。

オーストラリアに行く前の私がそうでしたが、日本人は学校で数年間も英語を学んでいるにも拘らず、会話ができません。それは、英語のテレビ番組を見たり、映画を英語で観るなどの、日常の生活に英語が取り入れられていないからだと感じています。

もし私が総理大臣になったら（文科大臣でもいいですが）、まず最初に、「映画などの日本語吹き替え」をやめさせたいと思います。

私の所属している英語サークルに、インドネシア人など日本人以外の人がいますが、彼らは小さい頃から英語で映画などを観て自然に学んだので、あまり習った覚えはないと言っていました。

彼らの言う通り、英語は言語なので、「習う」というよりは、「慣れる」ことが一番大切なのではないでしょうか。そのような環境を作らずに、「英語は重要」などと言って、上達するために高いお金をかけさせること自体に矛盾を感じます。

もちろん、無料ではやる気が出ないので、お金をある程度払い、自分をやる気にさせるほうがいいという人もいると思います。それに対して何も言うつもりはないですが、インターネットが当たり前となった今の時代、「お金をかけなくても、英語を学ぶ方法はたくさんある」ということだけは覚えておいてほしいです。

今、私は、高校生以上（大学生、社会人、主婦など）と小中学生を対象とした2つの英会話とスピーチの講座「英語でGoグローバル」を月に三回開催しています。そのほかに、一般の英会話クラスもやっているので、ほぼ毎週なんらかのクラスを受け持っている感じです。

それと同時に、息子のサッカーの試合も隔週はあるので、週末は大忙しです。ただこんなに充実している時間を過ごせるのは、子どもが小学生、中学生の間だけかもしれないので、少しばかり欲張っているかもしれません。でも良い経験と割り切り、頑張っています。

それに私は、自分に少しぐらいプレッシャーをかけないと脱線してしまう傾向があることも知っています。

皆さんも、仕事や家事で忙しい時間を過ごしていらっしゃると思いますが、親として子ども達に少しでも自分達のやっていることを見せられれば、素敵だと思いませんか？　お父さん、お母さんも何かに向かって頑張っている背中を、子どもに見せたくはありませんか？

先にも書いた通り、子どもは口先だけの大人かどうか、すぐに分かります。子どもに、「ああしろ、こうしろ」と言うだけでなく、自分達も少しずつでいいから、「頑張ればできる」ということを見せることで、子ども達への刺激にもなるでしょう。

今やっている講座の基本理念は、「大人も子どもも一緒に学んでいく」ということです。大人が輝けば、子どもも頑張る。子どもが輝けば、大人も頑張る。そのように互いにモチベーションを高めて英語などを学んでいけば、日本も国際化の波に乗って行けるのではないでしょうか。

子どもが大きくなればなるほど、親との距離は少しずつですが開いてきます。そんな時に、英語学習のような共通のトピックがあれば、会話が弾みます。

例えば娘とは、「動物英語クイズ」などをやったりするし、息子とはサッカーの話をよくします。最近は月に数回、「親子サッカー」をやっています。そこで実際に子どもとサッカーをすると、彼らの成長や、こだわっているところなどが見えてきます。

些細なことかもしれませんが、子どもがやっていることを親も一緒にやってみることで仲間意識が出てくるし、向こうからよく話し掛けてくれるようにもなります。

我々親が子どもにできることなど、高が知れています。でも、「大人も頑張っているんだよ。続けていれば、何かが起こる」ということを、彼らに肌で感じてもらうためにも、仕事以外の子どもに見えるものを持つことが大事です。子どもには、大人がそれに向かって精一杯頑張っている背中を見て育ってほしいと思います。

子どもには無限の可能性が秘められていますが、どの道を、どのように進むかを選択する時には、やはり大人の知恵や知識も必要です。もちろん最終的な決定は彼ら自身でしないといけませんが、適切な考え方を身につけ決断できるように育てるのは、我々大人の仕事ではないでしょうか。

今の子ども達が大人になる頃には、ほかの国の人と一緒に仕事をすることが当たり前になっていると思います。またそうでないと、これからの日本企業は生き残れないでしょう。お客様層となる年代の人口が減っていくため、日本企業は海外のマーケットを獲得しないと成長することができなくなるでしょう。
そして、労働力の不足を補うため、日本への移民を積極的に推奨するようになる可能性も十分あります。そのどちらの場合でも、国際語である英語ができることが、給料の高い仕事を得るための最低条件となってくるでしょう。

教訓：口先だけでは人は動かない。また行動できる人だけが、上の世界を見ることができる。

今後、英語を話せることは、「基礎体力」の一つとなり、できて当たり前のものになっていくでしょう。では、「皆ができるのであれば、自分はできなくても良い」と考える人もいるかもしれません。が、その場合には、英語ができなくても大丈夫な低所得の仕事しか得られないことを覚悟する必要があると思います。
もちろん、人生は所得だけではないですが、同僚やお客様や上司と本音で話し合うことができなければ、人生の楽しみも少なくなることが推測できます。

英語という言語にこだわる必要はないのですが、英語が世界標準語になってしまっているので、その言語との関わりを絶つことは、世界からの孤立を意味するでしょう。その時になって、「英語をやっておけばよかった」と思っても、「後の祭り」です。すでに出遅れている可能性は高いのです。

そのため、私は子ども達に早く、「英語 ＋ なにか」を見つけてもらいたいと思います。例えば、「英語＋ＩＴスキル」、「英語＋ダンス」などです。

英語を受験や資格のために学ぶと、高い点数を取るためにスペルや文法などの型にはまってしまい、楽しむ気持ちが薄れてしまいます。でも、自分の好きなことをほかの言語で学ぶのであれば、多少難しくても続けることができる可能性が高いと思います。

もし絵画やテニスなどの趣味があるならば、海外に留学した時に安価なCommunity College（地域のコミュニティー・センター）などに行って、たどたどしい英語でもいいので、ネイティブと一緒に趣味を楽しむべきです。言葉が多少不便でも、同じ価値観を持った人達と一緒であれば、違和感はあまりないと思います。

私がシドニーに行った最初の年は、とにかく英語が話せるところに行きまくりました。絵のクラスや、インドア・ロッククライミングだけでなく、バーテンダー・コースやバイクの練習所などへも喜んで出掛けました。時には、「あまり英語を話せない奴が来た」という重い空気を感じる時もありましたが、ほとんどのクラスでは、それなりに楽しくやることができました。


正直、今は時代の流れが非常に速く、三年先や五年先の動きを見極めるのも難しくなってきています。そのため今習わせておいたほうが良いと思っているものが、子ども達が親になる頃には価値がないものになる可能性があります。

ただし言語に関しては、学んでおいて損になることはないと感じています。もちろん、自動翻訳がさらに進むことは間違いありませんが、現時点でその歩みは私達の想像を超えるものではありません。いくら機械で翻訳できても、やはり人と人との直接のコミュニケーションに勝るものはありません。

自分の考えを自分の口から、自分のスタイルで伝えることで、初めて相手にきちんと理解してもらい、次のステップへ進めるようになるのではないでしょうか。

高齢化や年金などさまざまな社会問題を抱えている今の日本では、いつ何が起こるか分かりません。そのため子ども達に知的財産を持っておいてもらい、それが将来の彼、彼女達の支えとなれば、親としての仕事は果たしたと言えるのではないでしょうか。

ただし、我々が良かれと考えてやらせていたものが、子ども達には、「押し付け」になってしまうこともあるので、やりたくて興味があるものをうまく見つけてあげることが、親の最初の仕事かもしれません。

もし幸運にも、子どもが自分の夢やゴールを見つけた場合には、大人も全力でサポートしてあげる覚悟は必要です。なぜなら大人になった時に、「なんであの時、〇〇〇を続けさせてくれなかったの？　もし続けさせてくれていたら、私はちゃんと〇〇

○になっていたのに」などと言われたら、「今まで頑張って育ててきた二十年を返せ！」と言いたくなってしまうのではないでしょうか。
　そうならないためにも、「子どもの夢には全力でサポート、そして自分の夢もあきらめない」という大人になれたら幸せではないでしょうか。

　親が子どもにできることは限られています、だからこそ、今できることをきちんとサポートしてあげ、悪いことは叱り、良いことは褒め、子どもでも分かる物差しできちんと説明してあげましょう。

　子ども達はダイヤモンドの原石です。大切に磨けば、信じられないぐらいの輝きを放つ可能性を秘めています。その一方で、もしも我々がその原石に気づかず拾い上げなければ、ダイヤもただの石として地中に埋まったままで一生を終えてしまうかもしれません。


「親がなくとも子は育つ」とも言いますが、小さい頃に親との絆がある子どもと、ない子どもでは、成長の過程が変わってきます。親子の信頼関係は、なにごとにも代えがたいものだと考えています。これは中学生の時に、母親をガンで亡くした私の経験からも言えることです。

我々親が子どもに、「自分の夢やゴールに向かうことの大切さ」、そして、「ほかの人をリスペクトして大切に扱うことの重要性」を行動で示すこと。そして成長した時に、強い意志と思いやりを兼ね備えた人間に少しでも導くことが、私達の存在価値ではないでしょうか。

教訓：人の将来・未来はすべて、過去の行動の上に成り立つ。

おわりに

「挫折なくして成功はなし」と自分に言い聞かせ、私は劣等生という負い目をバネに、海外で生活をしながら遠回りをしてきました。

ただ、近道がいつも正しいとは限りません。遠回りをしたからこそ会える人達、経験できることも、きっとあると思います。「日本なんてクソ食らえだ！」と思って海外に出た遠回りが、結局、私にとっての近道であったと、今では感じています。

「俺はここで終わらない」というハングリー精神があったから、ここ一番で踏ん張れたのでしょう。日本に戻ってきてからエリートと言われる人達と一緒に働き、彼ら、彼女らの優れているところや、足りないところが少し見えた気がします。

日本への帰国と、大手企業への就職は、ある意味で、「雑草」である自分が、仕事で彼らに劣っていないことを証明したいという願望があったからなのかもしれません。

高校卒業後に自転車選手を目指し、夢破れた私の最初の正社員としての仕事は、新聞の折り込みチラシの求人広告に載っていた仕事でした。そんな私がオーストラリアに渡り、シドニーで大学を卒業したから、大手グローバル企業で働く機会を得ることができました。

そして、その一流企業できっちりと結果が出せるようになり、「人は環境で変わる」ということを、身をもって体験してきました。また常に結果が出せるようになると、当然年収も上がってきますし、ヘッドハンターから新しい仕事のオファーも来るようになります。たぶん今の私は、「憧れの年収」と言われるカテゴリーまで行っていると思います（あくまでもインターネットサイトの検索結果ですが……）。

私が成長した大きな要因は、海外で英語とＩＴという武器を身につけたからだと考えています。

日本で学歴がない私のような人間が一流企業に入るには、キャリアという「裏街道」を使う以外はありませんでした。つまり、「スキルと経験がある」という前提の中途採用です。中途採用は即戦力である必要があるので、そのプレッシャーはある半面、期待されている仕事をすぐにアサインされるため、短期間で自分をアピールできるという利点があります。

でも、今の自分はまだ通過点であり、五年、十年後に何ができる人間になっているかが本当の勝負と考えています。そのため現状では本業と、家族サービスに影響しない範囲でコーチング、投資、ボランティア活動などをして、本業以外の分野の経験と知識を蓄えています。

なぜならば、今の時代はテクノロジーの進歩が目覚ましく、過去に例を見ないほど五年先が見えません。このような時代を生き抜くためには、目先が利くだけではなく、地力を磨くことが不可欠だからです。

この本の執筆を始めた年に、父が他界しました。母親はすでに他界しているため、両親が二人ともこの世にいなくなってしまいました。ただ私には、中学から私達の面倒を見続けてくれた養母がいます。父が再婚すると言い、中学から新しい母親を受け入れることは、正直なところ容易ではありませんでした。しかし養母がいなければ、今の私は存在しなかったのも事実でしょう。

オーストラリアで歯を食いしばり、大学に入ったまではよかったのですが、大学二年生になる時には貯金もすべてなくなり、大学の授業料の支払いができない状態になってしまいました。

ただこれが最後のチャンスと考えていた私は、どうしても大学を卒業したいのでと、父に相談して学費分だけは送ってもらえるようになりました。それに関して父の口から直接は聞いていませんが、母が授業料を工面してくれたようです。貧乏暮らしの私がシドニーで大学を卒業できたのは、このサポートがあったからです。

どんなに強がっていても、一人では生きていけないことが多々あります。ただし人に助けを求める時には、自分の最善の努力をしてからにしたほうがよいと考えていま す。だからこそ私は、大学二年生の時に学費を親に相談し、サポートしてもらえることになりました。

結局、いつの時代も、人と人とが触れ合うことでケミストリー（化学反応）が発生します。また、そのケミストリーの大きさや形により、我々の人生が変わってきます。どうせなら私は、「彼がいるところに、ケミストリーが起こる」と言われる男になろうと思います。

また、私のクラスや講座を受けてくれる方と一緒にコーチングスキルを磨き、前向きに人生と向かい合うことができる人を育てていきます。

今ではそれが、十年後の私の使命だと信じているのです。

著者プロフィール

岡 涼介（おか りょうすけ）

現Pega Japan シニア・システム・アーキテクト。前、日本IBMセールス・スペシャリスト。1999年にワーキングホリデーで日本を飛び出しオーストラリアNSW Business College で経営学とマーケティングを学ぶ。その後University of Western SydneyでITを学ぶ。卒業後シドニーで大手日系や外資系でITエンジニアとして勤務しオーストラリアで約10年を過ごす。最後の３年間は IBM Australia でソフトウエア・エンジニア、問題解決コーチに従事。オーストラリアの月刊誌にコラムなども連載。日本ではITmediaのオルタナティブ・ブログのブロガー。

2011年に日本に戻り、IBMで英語クラブ IBM Makuhari トーストマスターズを設立し、President / Vice President としてクラブの立ち上げ、運営に奮起。

また震災後に少しでも被災地の人々の役に立ちたいという想いから「検見浜でEnglish」（英語クラス）を立ち上げ、被災地などへ寄付を開始。今年で７年目に突入し、新たに「英語でGoグローバル」というクラスを仲間と一緒にスタート。（「親子でGoグローバル」は中止していますが「英語でGoグローバル」は現在も活動中です）

日本人では珍しい、Marriage celebrant（オーストラリア NSW州の資格で牧師のように結婚を法律的に認めることができる）の資格保持者。

一寸のムシにも五分のタマシイ

日本を捨てて初めて分かる、日本の価値

2017年10月15日　初版第１刷発行

著　者　岡 涼介
発行者　瓜谷 綱延
発行所　株式会社文芸社
〒160-0022　東京都新宿区新宿1－10－1
電話　03-5369-3060（代表）
03-5369-2299（販売）

印刷所　株式会社フクイン

ISBN978-4-286-18759-4